마교 부교주가 사는 법

소조 선무협 장편소설

PAPYRUS ORIENTAL FANTASY

마교 부교주가 사는 법 11

초판 1쇄 발행 2023년 3월 20일

지은이 ㅣ 소조
발행인 ㅣ 신현호
편집장 ㅣ 이호준
편집 ㅣ 송영규 최종건 정재웅 양동훈 곽원호 조정범 강준석 최성화
편집디자인 ㅣ 한방울
영업 ㅣ 김민원

펴낸곳 ㅣ ㈜디앤씨미디어
등록 ㅣ 2002년 4월 25일 제20-260호
주소 ㅣ 서울시 구로구 디지털로 26길 111 JnK디지털타워 503호
전화 ㅣ 02-333-2513(대표)
팩시밀리 ㅣ 02-333-2514
E-mail ㅣ papy_dnc@dncmedia.co.kr
블로그 ㅣ blog.naver.com/gnpdl7

ISBN 979-11-364-4279-6 04810
ISBN 979-11-364-3420-3 (SET)

※ 저자와 협의하여 인지는 붙이지 않습니다.
※ 이 책은 ㈜디앤씨미디어(파피루스)가 저작권자와의 계약에 따라 발행한 것으로 본사와 저자의 허락 없이는 어떠한 형태나 수단으로도 내용을 이용할 수 없습니다.

11

소조 신무협 장편소설

마교
부교주가
사는 법

51장. 사면초가(四面楚歌) ············· 7

52장. 두려움의 갈등 ············· 69

53장. 피로 물든 참경 ············· 131

54장. 명백한 차이 ············· 195

55장. 이겼지만 이기지 못한 싸움 ········ 257

51장
사면초가(四面楚歌)

사면초가(四面楚歌)

 무당의 진무관주는 아무것도 얻지 못한 채 돌아갔다.
 자신과 비슷한 경지의 고수들 여섯이 노려보는 가운데선 아무런 말도 할 수 없었기 때문이다.
 사실 무당이 태산파로 자파의 최강고수였던 진무관주를 보낸 것은 일종의 무력시위였다.
 까불면 재미없다는 소리를 점잖게 표현한 셈이었다는 뜻이다.
 그런 무당에 태산파는 여섯 명이나 되는 화경의 고수를 내보이며 '네들이야 말로 까불면 재미없어'라고 응수한 것이다.
 당연히 세에서 불리했던 진무관주가 물러설 수밖에 없었다.

한마디로 무당이 태산파에 고수 싸움에서 패배했음을 의미하는 것이었다.

자신들의 승리를 확인했기 때문인지 태산파의 움직임은 더 적극적이고, 거침없이 변해 버렸다.

진무관주의 귀환과 함께 태산파가 보유한 고수들의 존재를 확인한 무당파는 전전긍긍할 수밖에 없었다.

백도 주류의 흐름이 순식간에 태산파를 중심으로 흐르기 시작했다.

전통의 구파 중 남아 있는 곳은 무당과 청성, 곤륜, 점창 그리고 종남뿐이었다.

여기서 청성과 곤륜은 과거 백도의 연맹체였던 무림맹이 공적으로 발표하며 함께 할 수 없는 자들이 되어 버렸다.

점창은 청성 사태 때부터 아예 중원 무림과 연을 끊으려는지 운남에 틀어박혀 나올 생각을 하지 않았다.

종남은 살아 있으나 명교의 경고로 강호 행보에 제동이 걸렸다. 있으나 마나한 존재가 되었다고나 할까.

이렇게 지리멸렬한 건 구파와 함께 무림맹을 구성했던 육대세가도 마찬가지였다.

조금씩 상황이 달랐지만 당가, 팽가, 그리고 남궁세가는 봉문했다. 일절 강호 행사가 불가능해져 버린 것이다.

산동곡가는 근거지를 버리고 무당에 의탁해 있는 상태

였다. 지금은 마치 무당의 한 지파처럼 되어 버렸을 정도로 융화도 잘되었다.

제갈세가야 귀교로 모습을 바꿔 사파가 되어 버렸으니 거론할 필요도 없었고.

결국 무당이 도움을 구할 외부 문파가 없었다는 뜻이다.

그나마 무당에 다행스러운 점이 있다면 태산파의 갑작스런 부상으로 귀교에 대한 징치 요구가 흐지부지 사라졌다는 것이었다.

실제로 무당 내부에서마저 그런 논의가 실종되었다.

지금은 그따위 게 문제가 아니었으니까.

그만큼 태산파의 부상이 빠르고 광범위했다.

그런 태산파의 심처.

태산파 장문인이 누군가와 밀담을 나누고 있었다.

"제 문사 덕분에 일이 수월해지고 있소이다. 내 이 고마움을 뭐로 보답해야 할지 모르겠소."

"저야 심부름꾼에 불과할 뿐인 걸요. 만사겁황께서 태산파의 부흥을 축하한다 전하라 하셨습니다."

"내 만사겁황께 깊은 감사를 드린다고 전해 주시구려. 그리고 이리 감춰 두는 것에 대한 미안함도 전해 주시고."

"이해하고 계십니다. 애초에 태산파를 도울 때부터 각

오한 일이니까요."

제 문사라 불리는 이는 제갈기연이었다.

그는 만사겁황, 아니 그 모습을 한 팔미대사. 아니, 솔직히 그조차 강신이니 누군지 모를 존재를 설득하여 태산파를 도왔다.

살예진천황이 무서워 해남에 틀어박혀서는 아무것도 할 수 없었으니까.

만사겁황의 모습을 한 그 존재는 무언가를 완성할 때까지 해남에서 움직일 생각이 없어 보였고, 그 긴 시간을 그냥 허비할 생각이 없었던 제갈기연이 그를 설득했던 것이다.

중소문파를 움직여 백도를 일으켜 세워, 명교의 대척점을 되살리겠노라고 말이다.

그것이 제갈기연이 만사겁황에게 한 제의였다.

한참의 고심 끝에 만사겁황은 동의했고, 그의 도움을 받아 완성한 백적환을 여섯 알을 품은 채, 제 문사로 분장하여 다시 뭍으로 올라왔던 것이다.

그리고 태산파 장문인을 설득해 지금에 이르렀던 것이고.

무당의 진무관주가 보았던 태산파의 여섯 화경의 고수는 그렇게 제갈기연이 제공한 백적환으로 만들어졌던 강신인이었던 것이다.

태산파의 장문인은 그들의 존재를 철석같이 믿고 있었

지만 제갈기연은 안다.

그들은 과거의 경험상, 부교주를 만나면 한방에 배를 갈아탈 것이라는 것을.

적안이라고 했던가?

만사겁황의 말에 따르면 강신인은 절대로 적안에서 자유로울 수 없다고 했다.

물론 만사겁황의 기운을 받은 강신인들은 달랐지만 그 수는 제한적이었다.

만사겁황이 외부로 빼낼 수 있는 기운은 한정적이었으니까.

당연히 외부로 나가는 백적환에 그 기운을 불어넣어 줄 만사겁황이 아니었다.

그런 연유로 태산파가 보유한 강신인은 시한부인 셈이었다.

부교주를 만나기 이전까지만 유효한 시한부.

그걸 철저하게 숨기며 제갈기연은 태산파를 최대한 이용해 백도를 다시 재기시킬 생각이었다.

물론 백도의 부활을 진정으로 원했기 때문은 아니었다.

그렇게 일어난 백도가 명교의 한쪽 다리 정도는 붙들고 늘어질 수 있을 것이란 판단이 섰기에 벌인 일이었을 뿐이다.

그렇게 시작한 일이 얼추 결과를 내고 있었다.

이제 하나, 거의 유일하게 남아 있는 백도의 기둥. 무당과의 관계 정리만 남았을 뿐이다.

그걸 제갈기연, 아니 제 문사가 태산파의 장문인에게 언급했다.

"그나저나 무당과의 관계 정립은 어찌하실 생각이십니까?"

"솔직히 걱정이 많소. 아무리 진무관주가 아무 소리도 하지 못한 채 돌아갔다지만 무당은 무당이요. 그 이름의 무게가 가볍지 않다는 소리외다."

"역사로만 보면 태산파도 무당에 못지않다고 알고 있습니다만."

"역사는 그렇지요. 태산파도 천년에 가까운 역사를 가졌으니까요."

"한데 어찌 망설이십니까?"

"많은 도가 무술이 무당에서 나왔다는 걸 부정할 수 없기 때문이오. 실제로 우리 태산파의 무공 중 상당수가 그런 무당의 무공에 영향을 받은 것들이고."

"하면 저리 그냥 두실 요량이십니까? 그리고도 백도련이 제대로 돌아가실 것이라 믿으시는 겁니까?"

"그건 어렵겠지요. 백도라는 하늘에 두 개의 태양이 떠 있는 셈이니까."

태산파의 장문인이 주저하고 있긴 했지만, 사태는 제대로 파악하고 있는 것에 다소 안도한 제 문사가 물었다.

"하면 어찌하실 생각이십니까?"
"처음부터 힘으로 밀어 무너트릴 생각은 없소."
전격적인 기습으로 무당을 무너트리라는 자신의 권고를 따를 생각이 없다는 말에 제 문사의 표정이 굳었다.
그런 그에게 서둘러 태산파 장문인이 말을 이었다.
"대신 점진적인 방법을 써 볼 생각이오. 그것이 오히려 명분을 우리 태산파의 손에 쥐어 줄 것이라 믿소."
"어찌 말입니까?"
못마땅함이 풍기긴 했지만 들어볼 생각이 엿보이는 제 문사의 표정에 태산파의 장문인이 서둘러 설명을 이었다.
그 설명을 듣는 제 문사의 표정이 어두웠다. 마음에 들지 않는다는 뜻이었다.

* * *

무당파가 소란스러워졌다.
태산파가 보내온 서신 때문이다.
정확하게는 백도련 창립주최자란 이름으로 왔지만.
〈귀파의 행보를 명확히 해 주시기 바라오. 참여요, 불참이오?〉
요식행위처럼 따라붙는 의미 없는 안부 인사 조차 없었다.
정말 달랑 저 문장 하나로 구성되어 있었던 것이다.

태산파가 무당을 얼마나 업신여기는지 여실히 증명되는 부분이었다.
　서신을 공개한 장문인은 눈을 감고 아무 말이 없었고, 장로들은 탄식만 흘릴 뿐이었다.
　정파니 백도니 해도 무당파는 힘이 모든 것을 결정짓는 무림의 일원이었다.
　모욕을 당했다면 힘으로 그것을 해결하면 되는 곳에 살고 있다는 뜻이다.
　문제는……
　"모욕을 받았으나 징치를 할 여력이 없다는 것이 문제구려."
　운연진인의 한탄이 모든 무당 수뇌들의 가슴을 후벼 팠다.
　힘의 부재.
　그것도 백도 내부에서의 힘의 부재였다.
　무당이 단 한 차례도 겪어 보지 못한 이 사태에 당황이 깊었다.
　그로 인한 침묵이 길었다. 아무래도 답이 나오지 않을 것 같자 대외업무를 총괄하는 객당주가 조심스럽게 나섰다.
　"항의든 뭐든 답은 해야 하지 않겠습니까?"
　객당주의 물음에 자리한 이들 중 가장 배분이 높은 운연진인이 한탄 어린 음성을 토했다.
　"뭐라 답할까? 네들이 어찌 이럴 수 있냐고 할까? 아니면 애들처럼 참가 안 한다고 할까?"

운연진인의 말에 객당주의 입이 다물렸고, 여기저기서 신음같은 한탄의 음성들이 새어 나왔다.

그런 와중에 진무관주가 나섰다.

"참여하시죠."

"무슨 소리요! 저런 모욕적인 서신을 받고서도 참여를 하자는 말이오?"

재화당주였다.

장문인의 최대지지자인 두 사람이었지만 이번엔 짜고 하는 말이 아니었다.

정말로 의견 충돌이 벌어진 것이다.

그렇게 반대하고 나선 재화당주에게 진무관주가 말했다.

"아무 소리 못 하고 돌아온 후, 생각에 생각을 거듭해 봤습니다. 태산파와 전쟁을 하지 못한다면 우린 무얼 할 수 있을까?"

"해서 내린 결론이 겨우 그들에게 고개를 숙이고 들어가잔 게요?"

신랄한 재화당주의 비난에 진무관주가 고개를 저었다.

"저 서신 어디에도 밑으로 들어오라는 소리는 없습니다. 그리고 아직 백도련의 련주는 정해지지도 않았고 말입니다."

"태산파가 열고, 오악검파가 중심이 된 일이오. 당연히 련주엔 태산파의 장문인이 지명될 것이 자명하지 않겠소."

"들리는 바에 의하면 백도련의 련주는 가입 문파들의 투표로 결정된다고 하더군요."

"중소문파들이 태산파의 입김을 무시할 수 있겠소? 이러나저러나 같은 결론이겠지."

여전히 부정적인 재화당주에게 진무관주가 담담히 말했다.

"그야 무당이 없을 때의 이야기지요."

순간 반대만 했던 재화당주도 무언가를 느꼈는지 놀란 눈을 떴다. 그리고 그건 주변에 앉아 있던 무당의 수뇌들도 마찬가지였다.

하긴 상석에 앉아 있던 장문인마저 감고 있던 눈을 떴으니까.

그런 이들의 시선을 받으며 진무관주가 말을 이었다.

"백도련에 무당이 들어갔습니다. 중소문파들이 태산파와 우리 무당, 둘 중 누구에게 표를 던질까요?"

이전보다 확실히 사람들의 눈이 반짝이고 있었다.

* * *

제 문사는 무당에서 돌아왔다는 답변을 듣고는 피식 웃었다.

〈백도련 창립회의에 참석할 대표를 보내겠소.〉

백도련에 대한 무당의 참여!

태산파 장문인의 계획에 자신이 가장 위험한 부분이라고 지적했던 곳을 무당이 콕 찝은 행보였다.

"태산파가 잔칫상을 차려 놓고 헛짓으로 상석을 상납하게 생겼군."

문제는 자신의 말을 따르지 않은 태산파의 손해를 그저 고소하다고만 할 수 없다는 점이었다.

무당이 련주를 맡으면 자신의 의도대로 백도련을 움직일 수 없을 테니 말이다.

결국 해결책을 제시해 줄 수밖에 없다는 소리였다.

못마땅한 표정의 제 문사가 코가 석 자는 빠진 표정의 태산파 장문인을 먼저 찾은 것은 그래서였다.

"어, 어서 오시오."

제 지은 죄가 있기 때문인지 눈을 제대로 맞추지 못하는 태산파 장문인에게 제 문사가 말했다.

"이리 되면 다소 과격한 방법을 써야 하겠습니다."

"여전히 무당을 습격하여 적몰시키라는 소리요?"

"그건 무당에게 백도련의 참여 여부를 묻기 전에나 쓸 수 있는 팻입니다. 백도니 뭐니 해도 무림은 힘의 세상. 누가 강자인지 가려내려 했다는 논리는 다소 과격했다 해도 인정을 받을 수 있을 터. 하나 지금은……."

사면초가(四面楚歌) 〈19〉

고개를 젓는 제 문사가 흐린 뒷말을 태산파의 장문인은 알아차렸다.

기껏 참석 여부를 묻고 참석하겠다는 무당을 힘으로 무너트리는 것은 치졸함을 내보이는 것이었으니까.

거기다 태산파의 신뢰성에 금이 간다.

앞에서는 말로 묻고, 뒤에는 힘으로 굴복시키려들 것이란 의심을 뭇 중소문파들에게 심어 줄 수 있다는 소리다.

지금도 백도련에 최종 참여를 망설이는 중소문파들이 부지기수다.

그런 상황에서 백도련에 참가하겠다는 무당을 힘으로 무너트리면 망설이던 이들은 들어오지 않을 것이다.

참석을 밝혀왔던 이들조차 발을 뺄 가능성도 높았다.

그걸 태산파의 장문인도 알아차린 것이다.

그런 그에게 제 문사가 말을 이었다.

* * *

"참석한다던 이가 참석하지 않으면 될 일입니다."
"그걸 어찌 우리가 마음대로 할 수 있겠소. 이미 무당은 참석하겠노라 밝힌 것을."
"내가 다소 과격한 방법을 써야 한다고 말씀드린 듯합니다만."

"습격은 안 된다더니 왜······."

말을 하다말고 눈을 크게 뜨는 태산파 장문인에게 제 문사가 빙긋이 웃으며 말했다.

"참석한다던 이가 참석하지 않았어요. 그건 기권이거나 기존의 방침을 철회한 것이겠죠."

"그, 그러니까 무당의 대표를 사전에 요격하여 척살하라는······!"

말을 완전히 맺지 못한 채 놀란 표정이 역력한 태산파 장문인에게 제 문사가 물었다.

"태산파가 천 년 만에 무림의 전면에 등장하는 일입니다. 손에 피 하나 묻히지 않고 그런 일이 가능하리라 보셨던 건 아니겠지요?"

제 문사의 물음에 태산파의 장문인은 아무 소리도 하지 못했다.

* * *

백도가 여러 가지 사안으로 분주하던 시기, 교주가 수련에 여념이 없던 야율한을 찾아왔다.

"왜요? 뭐라도 잡으셨어요?"

잠시 후면 오후 수련시간이었고, 그때 볼 사람이 일부러 일찍 찾아왔으니 무언가 수련에 대한 단서를 잡은 것인가 싶었던 것이다.

그 이야기라도 듣길 간절히 원했던 것은 야율한도 여전히 머릿속을 맴도는 단서를 잡지 못했기 때문이다.

미치고 팔짝 뛸 정도로 뭔가 알듯 말듯 왔다 갔다를 반복했으니까.

마치 손끝을 스치는 바람 같달까.

존재하는 건 알겠는데 손에 잡히진 않았으니까.

그것에서 오는 간절함이 절절이 묻어나는 야율한의 물음에 교주가 쓰게 웃어보였다.

"아니. 아직이다."

"하면 왜……?"

"인면주사 새끼가 사황성의 재개파에 나랑 네가 참석해 주길 바란다고 서신을 보내왔더라."

"그거 꼭 가야 합니까?"

"우리가 밀어 넣은 거니까 힘은 실어 줘야겠지."

교주의 답에 야율한이 마지못한 표정으로 물었다.

"그래서 언제 가시게요?"

"재개파가 사흘 후라니 모레 떠나면 되겠지."

다른 사람들이라면 절대로 소화할 수 없는 일정이다. 그 말은 재개파일 전날 떠나겠다는 소리였으니까.

물론 교주와 야율한에겐 해당 사항이 없다.

이들의 이동 능력이라면 몇 시진이면 귀주의 사황성에

닿을 테니까.

그걸 알기에 야율한도 순순히 고개를 끄덕였다.

"알겠습니다. 맞춰서 준비하고 있겠습니다."

그렇게 끝날 것 같았던 대화가 독마의 등장과 함께 변해버렸다.

독마가 백도련의 창립 회의에 참여해달라는 무당의 전서를 들고 왔기 때문이다.

"무당 놈들 결국 백도련에 발을 담글 모양이구먼."

교주의 말에 전서를 넘겨받아 읽은 야율한이 고개를 끄덕였다.

"솔직하게 보냈네요. 태산파의 백도 장악 시도를 멈추고 싶었다고."

"너무 솔직해서 탈이지. 그걸 우리보고 도와달라잖아."

그 내용 때문인지 서신은 장문인이 아니라 진무관주 개인의 이름으로 보내진 것이었다.

진무관주는 무당은 자신이, 이 전서를 보낸 것조차 모른다는 것까지 모조리 솔직하게 털어놓았다.

그 서신에 교주는 큰 감흥이 없었던 모양이다.

"이따위 서신에 우리가 움직일 줄 알다니 머리가 어떻게 된 놈……."

"제가 한번 가 보겠습니다."

"엥! 왜?"

어이없이 바라보는 교주에게 야율한이 미소 지었다.

"어떤 이들인지 한번 보고 오는 것도 좋을 듯합니다. 진무관주의 서신대로 존재를 드러냄으로써 괜한 분란을 사전에 차단할 수 있을 거라는 말에 동의하기도 하고요."

무림맹이 자신들의 힘에 도취되어 쓸데없이 명교 징치의 깃발을 들어 올렸던 것과 같은 일을, 백도련에서는 아예 벌어지지 않게 하겠다는 생각이었다.

그런 야율한의 생각을 알아보았기에 교주는 끝까지 안 된다는 말을 하지 못했다.

"쯧. 네 생각이 그렇다면 어쩔 수 없겠지. 그나저나 날짜가…… 하. 이놈들 보게 사황성 재개파일과 같구먼."

사황성 재개파로 인한 강호의 관심을 자신들에게 돌리려는 속셈이 여실히 드러나는 날짜였다.

사황성으로서는 잔칫날 깽판이 벌어지는 셈이었지만 교주와 야율한의 입장에서 오히려 나쁘지 않았다.

"수련을 비우는 시간이 같으니 공백을 최소로 줄일 수 있겠네요."

야율한의 말에 교주가 고개를 끄덕였다.

요사이 둘이 함께하는 수련의 중요성을 새삼 깨우치고 있었기 때문이다.

그러니 둘 중 한사람이 자리를 비우는 시간이 각기 다른 것보다 오히려 좋았던 것이다.

그렇게 교주와 야율한의 외유가 결정되었다.

* * *

백도련 창립 회의에 맞춰 무당을 나선 진무관주의 표정이 어두웠다.

장문인을 비롯해 누구와도 상의하지 않은 채 명교로 전서를 보냈기 때문이다.

솔직히 그 전서에 반응해 부교주가 참석할지는 알 수 없었다.

만에 하나 그가 참석해 준다면 혹시라도 태산파가 벌일지 모르는 쓸데없는 짓을 막아 낼 수 있게 될 것이다.

진무관주가 이런 생각을 하게 된 결정적인 이유는 지난날 태산파 장문인의 뒤에 서 있던 이들에게서 받은 느낌 때문이었다.

마치 제갈세가와 팔미대사가 동원했던 무인들에게서 받았던 느낌과 유사하달까.

그것이 뜻하는 바는 하나였다.

'강신인!'

하긴 그것이 아니라면 산속에 틀어박혀만 있던 태산파에 화경의 고수가 여섯이나 동시에 생겨날 수는 없었으니까.

문제는 그것에 대한 확신이 없었다는 점이다.

확신이나 증거도 없이 강신인일지도 모른다는 말을 꺼냈다가 아니라면, 태산파의 번창을 시기하는 일밖에 되지 않을 테니까.

자신 혼자라면 상관없지만 무당의 이름이 사용될 경우엔 걷잡을 수 없는 비난에 직면할 것이다.

진무관주는 그것을 용인할 수 없었다.

그것이 고심 끝에 명교로 남몰래 전서를 보냈던 이유였다.

만약 그 전서에도 불구하고 부교주가 참석하지 않는다면…….

그건 너무 많은 변수를 포함하기에 섣불리 단정하지 않기로 했다.

그 탓에 태산파로 향하는 진무관주의 걸음이 무겁고 또 무거웠다.

멀리서 그런 그를 바라보는 이들이 있었다.

죽립에 기다란 칼을 품에 안은 채.

태산파의 고수들도, 제 문사가 동원한 이들도 아니었다.

"알고 있겠지만 저자가 태산파의 손에 죽임을 당한 것처럼 만들어 달라는 것이 의뢰의 전부였다."

"그에 대한 준비는 이미 갖추었습니다. 막주."

수하의 답에 유난히 긴 칼을 품에 안은 막주란 자가 물었다.

"실력은?"

"무당제일인이자 화경으로 알려져 있습니다."

수하의 답에 막주의 표정이 굳었다.

막주의 경지는 초절정, 그리고 동행한 수하들 넷의 경지는 절정이다.

어디 가서 부족하다 소릴 들을 실력들은 아니었지만 상대가 화경이라면 이야기는 달라진다.

하지만…….

"우리 은천막의 족쇄를 풀어 줄 의뢰다. 한 치의 실수도 용납지 않는다."

"존명!"

두말없이 고개를 숙이는 수하들을 보며 막주가 말했다.

"가자!"

이내 다섯 죽립인들이 자리를 벗어났다. 목표는 멀리 보이는 진무관주였다.

그렇다고 부족한 실력에 정면대결을 펼친 것은 아니었다.

절박한 만큼 반드시 성공해야 했고, 그들은 자객이었으니까.

누군가 자신을 노리고 있다는 것도 모른 채 진무관주는 태산을 향한 여정을 지속했다.

그로부터 멀지 않은 숲속.

잔수라 불렸던 사내가 두 명의 고수를 베어 내고 있었다.

태산파의 표식을 모조리 걷어 낸 옷을 입었다지만 그들이 태산파의 사람이라는 것을 잔수는 명확히 알고 있었다.

그의 수하들이 직접 확인해 전달한 정보가 있었기 때문이다.

사라진 '이 형'을 찾는 와중에 주군에게서 내려온 급명은 태산파에서 진무관주를 죽이지 못하게 하라는 것이었다.

우스운 건 그런 명을 내려놓고 정작 주군은 자신의 그늘 아래에 가둬 두고 있던 은천막을 풀어 진무관주를 죽이라고 명했다.

이 괴리를 죽어 널브러진 태산파 고수들의 시신을 화골산으로 녹여 없애며 고심했다.

하지만 그 괴리를 잔수는 결국 알아내는 것에 실패했다.

시선을 들어 자신의 주군이 머무는 방향을 바라보며 잔수가 중얼거렸다.

"그 깊은 뜻이 어디에 있는 것입니까?"

잔수의 음성엔 불안감이 깊었다.

자신의 주군이 향하는 길이 왠지 그의 행복이나 명예와는 관계없는 결말을 향한 것 같았기 때문이었다.

그렇게 흔적조차 없어진 이들의 죽음을 뒤로하고 잔수가 신형을 날렸다.

아직 이 형을 찾으라는 주군의 명은 그대로 유효했기 때문이었다.

자신에 관계된 일들이 벌어지고 있다는 것도 모른 채 진무관주는 걸음을 재촉했다.

어떤 일이 어떻게 벌어질지 모를 정도로 위험도가 높았기에 진무관주는 장문인의 특별허락을 얻어 홀로 움직였다.

너무 빨리 가도 문제겠지만 늦어도 책잡힐 것이 분명했기 때문이다.

그 탓에 시간을 맞추는 것에도 진무관주는 관심을 기울이고 있었다.

그런 까닭에 서둘지만 시간에 메이지 않는 묘한 상황이 벌어졌다.

결국 어두워지는 밤을 노숙이나 객잔에서 보내야 했다.

도사이니 주변에 도관이 있다면 잠시 신세를 지겠지만 이번처럼 작은 산속 마을에, 도관이라고는 눈 씻고 찾아봐도 없는 마을에선 결국 객잔에 의탁할 수밖에 없었다.

검박을 표상으로 삼는 무당의 도사답게 진무관주는 객잔에서 가장 싼 방을 얻어 지친 몸을 뉘였다.

흉년에 곡물 가격은 천정부지로 뛰었고, 당연히 음식값은 과거에 비할 수 없이 비싸졌다.

객잔에 투숙했지만 감히 음식을 사 먹지 못하는 이유였다.

애초에 길을 나설 때 챙겨온 벽곡단을 꺼내 씹으며 배고픔을 참는 진무관주에게 객잔 주인의 음성이 들려왔다.

"도사님 계십니까?"

"아! 예. 들어오세요."

벌떡 일어나 앉는 진무관주의 허락에 문을 열고 들어온 주인의 손엔 모락모락 연기가 올라오는 국수 한 그릇이 들려 있었다.

"모처럼 저희 마을에 귀한 도사님이 오셨는데 대접할 것이 없네요. 이것으로 허기를 달래시라고 가져왔습니다."

지금 같은 흉년과 기근에 국수 한 그릇의 가치가 어떠한지 알기에 진무관주는 당황과 놀람, 그리고 기쁨으로 범벅이 된 얼굴로 그릇을 받았다.

"감사합니다. 이처럼 귀한 걸. 염치불구하고 감사히 먹겠습니다."

"이 하찮은 음식을 이리 좋아해 주시니 제가 고맙죠. 편하게 쉬세요."

"네. 감사합니다."

사람 좋은 웃음을 남겨 놓은 주인이 나가자 진무관주는 기분 좋은 미소를 머금고 국수를 먹었다.

은침이 국수 그릇 옆에 놓인 것만 보아도 진무관주가 강호행의 기본은 지켰다는 걸 알 수 있었다.

걱정이 사라져서인지, 아니면 벽곡단으로는 해결되지 않는 허기짐을 채울 수 있었기 때문인지, 그도 아니면 주인의 마음이 고마워서인지 국수는 더없이 맛있었다.

그렇게 국수 한 그릇을 비운 진무관주가 잠자리에 들었다.

피곤해서인지 잠이 쏟아졌기 때문이다.

그렇게 잠이든 진무관주의 객방엔 그의 코 고는 소리만 작게 울려 나오고 있었다.

툭.

그런 그의 방문이 허락 없이 열렸다.

하지만 진무관주는 세상모르고 여전히 잠에 취해 있을 뿐이었다.

그런 진무관주를 문가에 서서 지그시 바라보는 이는 좀 전에 사람 좋은 미소로 국수를 가져다주었던 객잔 주인이었다.

한데 표정을 굳힌 그의 얼굴은 이전과는 완전히 다른 분위기를 풍겨 내고 있었다.

거기다 머리를 둘러싸고 있던 두건을 풀자 긴 머리카락이 흘러내렸다.

그런 그에게 언제 나타났는지 다른 이들이 칼을 건넸다.

유난히 긴 칼이었다.

그걸 들고 죽립을 받아쓰자 눈에 익은 모습이 드러났다.

"우리 은천막의 족쇄를 풀 수 있는 물건이다. 최대한 의뢰대로."

"의뢰대로!"

고개를 숙인 이들이 조용히 움직였다.

그건 국수에 든 미혼약으로 잠이든 자를 상대하는 이들의 움직임이 아니었다.

그리고 그것은 막주라는 이의 움직임도 마찬가지였다.

그런 그들의 움직임이 왜였는지는 이내 증명이 되었다.

죽은 듯 잠자고 있던 진무관주가 벌떡 일어섰기 때문이다.

무서운 눈빛, 사나운 표정은 그가 미혼약에 취하지 않았음을 보여 주고 있었다.

그럼에도 은천막의 살수들은 표정에 변화 없이 천천히 다가섰다.

그런 그들에게 진무관주의 검이 뻗어 나갔다.

한데……

* * *

 검을 내뻗던 진무관주가 황급히 검을 거둬들였다.

 검로가 이상하게 비틀리는 것을 느꼈기 때문이다. 뿐만 아니었다. 방금 전부터 팔 근육에 힘이 들어가지 않았다.

 그것에 당황하는 진무관주에게 막주가 비릿한 음성을 던졌다.

 "우린 미혼약 따윈 안 써. 독이 아니니 은침에도 걸리지 않지."

 "도, 도대체 뭘 탄 거냐?"

 진무관주의 물음에 막주가 답했다.

 "근완제."

 "뭐?"

 "근육을 풀어 주지. 주로 고된 노동으로 근육병이 생긴 환자들에게 처방해 주는 약이라더군."

 "그게 무슨……."

 "아! 농도가 좀 짙어. 뭉친 근육을 풀어 주다 못해 멀쩡한 근육에도 힘이 들어가지 않으니까."

 그 말이 마치 주문이라도 되는 듯 검을 내뻗고 있던 진무관주의 팔이 힘없이 떨어졌다.

 그뿐이 아니다.

휘청거리더니 풀썩 쓰러졌다. 발을 딛고 있을 힘까지 풀려 버린 것이다.

당황과 분노로 마구 뒤섞인 진무관주의 눈빛을 바라보며 막주가 다가섰다.

"너무 억울해하지 마라. 네 죽음 덕에 우리가 세상으로 나올 수 있게 되었으니."

막주의 말에 진무관주가 입을 들썩였지만 음성조차 나오지 않았다.

음성을 내는 것도 결국엔 근육의 도움을 받는 것. 그조차도 할 수 없어진 것이다.

종래엔 눈조차 뜨지 못하고 완전히 쓰러지는 진무관주를 향해 천천히 막주가 검을 뽑아들었다.

유난히 긴 칼이 모습을 드러냈을 때였다.

"나 같으면 그쯤에서 그냥 두겠습니다."

갑작스런 음성에 막주를 비롯한 은천막의 살수들이 황급히 뒤로 돌아섰다.

그곳에 그가 있었다.

"누, 누구냐!"

당황하는 빛이 역력한 막주를 바라보며 야율한이 말했다.

"그렇게 사정없이 흔들리는 눈빛으로 그리 말하면 날 모른다는 말을 믿어 주고 싶어도 그럴 수 없잖아요."

"무, 무슨 소리를……."

"긴말하지 않겠습니다. 무림이 칼로 사는 세상이니 저마다 사정이 있고, 그럴 만한 이유가 있겠지요. 하나 오늘은 이쯤에서 멈추세요. 그걸 내가 원합니다."

"그, 그럴 수 없……."

"그럴 수 없다고 말하면 곤란해요. 그럼 난 당신들을 죽여야 하니까."

야율한의 말에 막주의 말문이 막혔다.

그런 그에게 야율한이 말을 이었다.

"그냥 돌아가요. 그게 살아서 당신들이 이곳을 떠날 수 있는 유일한 길입니다."

어두운 막주의 표정에 갈등이 어렸다. 그 갈등 속에서 무언가를 물으려는 듯 입을 여는 막주에게 야율한이 먼저 말했다.

"없습니다. 다른 길 따윈."

묻기도 전에 답하는 야율한의 단호함에 결국 막주의 갈등이 끝났다.

"결코 오늘의 일은 잊지 않을 것이다!"

"기대하죠."

담담한 야율한의 답을 뒤로하고 막주를 비롯한 이들이 천천히 물러갔다.

그렇게 뒤로 남겨진 진무관주를 야율한이 물끄러미 바

라봤다.

* * *

낙담한 채 돌아온 은천막주의 보고에 암중인은 그저 고개만 끄덕여 보였을 뿐이다.

한데 그것이 너무나 담담해서 마치 예견했던 것 같다는 느낌을 주기에 충분했다.

그것에 의심을 품은 채 은천막주가 물러나자 허공에서 음성이 흘러나왔다.

"은천막주를 저리 그냥 두어도 되겠습니까?"

"사실을 알아차렸다고 화를 낼 수는 없질 않은가."

"그것이 배신으로 이어질 수도 있음입니다. 속하에게 맡겨 두시면 조용히 처리하겠습니다."

"그냥 두어라. 이유 있는 분노는 막는 것이 아니다."

"하오나 그러다 반기라도 들면 어찌합니까?"

"은천막이 반기를 든다고 무너질 것이었으면 이 자리는 진즉에 빼앗겼겠지."

암중인의 말에 허공의 음성이 물러섰다.

"주군의 뜻이 정이 그러하시다면······."

걱정을 접는 허공의 음성에게 암중인의 부름이 던져졌다.

"맹성."

"예. 주군."

"잔수에게선 아직 연락이 없더냐?"

"예. 아직. 그나저나 잔수의 촛불이 세 개로 줄어들었습니다."

"명교의 교주와 부딪쳤다는 보고는 이미 받았다. 그 와중에 그리되었겠지."

"세 개면 불안한 것이 아닙니까?"

"그렇다고 불러들일 수는 없는 노릇이지. 누군가는 하나의 목숨을 가지고도 위험한 임무에 나서는 것을."

"하지만 잔수는……."

"맹성."

"예. 주군."

"네 동생은 무사히 돌아올 것이다."

"소, 송구합니다, 주군."

사과를 건네 오는 허공의 음성에게 암중인이 말했다.

"그보다 잔수에게 서두르라 전하라. 실기하면 모처럼 맞은 기회를 놓친다."

"그렇게 하겠습니다. 하오나 찾으시는 그가 몸을 감추기로 마음먹었다면 아무리 잔수라도 찾는 것이 쉽지는 않을 것입니다."

"알아. 그래도 노력은 해 봐야겠지."

"서두르라 전하겠습니다."
"그래. 물러가라."
"쉬십시오, 주군."
그것으로 허공의 음성도 사라졌다.
그렇게 홀로 남은 암중인이 태사의에서 일어섰다.
천천히 움직여 달빛 아래로 나선 그의 체구는 작고, 볼품없는 얼굴을 가지고 있었다.
"제대로 된 길을 가고 있는 것인가? 지켜보기엔 시간이 너무 길구나……."
회한이 가득한 음성으로 중얼거리는 암중인의 시선이 먼 곳을 향하고 있는 것으로 보아선 자신을 향한 소리는 아닌 듯했다.
그렇게 뜻을 알 수 없는 말만이 어두운 공간에 내려앉아 쌓이고 있었다.

* * *

진무관주가 눈을 뜬 것은 다음 날 아침이었다.
천천히 밝아 오는 시야로 눈에 익숙한 사람이 보였다.
벌떡.
"부, 부교주!"
"잘 잤습니까?"

"어, 어떻게 부교주가……?"

"안 나설 수 없는 상황이었습니다."

비로소 어젯밤 정신을 잃기 전의 일들이 떠올랐다. 분명 자신은 칼을 든 객잔 주인과 대치하고 있었다.

"어찌 된 겁니까?"

"짐작하시는 대로입니다. 다음부터는 음식에 조금 더 조심하셔야 할 겁니다."

"흐음……."

착잡한 신음을 흘려내는 진무관주에게 부교주가 물었다.

"그나저나 무당이 백도련의 련주를 맡으려면 나를 부른 게 좋은 선택은 아닐 수도 있습니다."

야율한의 말에 진무관주가 담담히 답했다.

"솔직히 말해, 저는 무당이 련주를 맡지 않아도 무방하다 봅니다."

"그 말은……?"

"요사이 무당은 산에 있을 때 무당답다는 걸 뼈저리게 느끼고 있습니다. 다시 산으로 돌아갈 수 있다면 련주니 뭐니, 명리는 다 부질없는 것이지요."

"하면 나는 왜 부른 것입니까?"

의아한 표정인 야율한에게 진무관주가 답했다.

"그럼에도 백도가 조용하길 원했습니다. 이전의 무림

맹처럼 몇몇 고수의 증가에 힘입어 명교를 향해 칼을 들지 않길 바랐을 뿐입니다."

"하면 날 부른 것이……."

"서신에서 밝혔듯이 존재함을 알리고자 함입니다. 부교주를 두 눈으로 보고, 피부로 느끼면 절대로 무림맹과 같은 일은 벌어지지 않을 것이라 믿으니까요."

"그냥 본다고 그런 것들을 알 수는 없을 터, 다시 말해 내가 힘자랑을 해야 한다는 듯이 들립니다만."

야율한의 물음에 진무관주가 쓰게 웃었다.

"맞습니다. 그러셔야 할 겁니다."

자신의 답에 대번에 부정적인 표정이 떠오르는 야율한에게 진무관주가 서둘러 말했다.

"그로 인하여 백도와 마도 간에 불필요한 충돌이 줄어들 것이고, 덧없이 죽어 나갈 이들의 수가 감소할 것이니 부교주에게도 손해는 아닐 것이라 사료됩니다만."

"덧없이 죽어 나갈 이들이 줄어들 것이라……."

"아니 그렇겠습니까?"

진무관주의 물음에 야율한은 그를 직시했다.

솔직히 요즘 들어 자주 의문을 갖는다. 백도가 진정 평화를 원하는가에 대해서.

자신이 백도인이었을 때는 믿어 의심치 않던 일이었지만 마도의 수뇌가 되어서는 그 믿음이 흔들리고 있었던 것이다.

그런 야율한의 눈길에 진무관주가 희미하게 웃어 보였다.

마치 믿어 달라는 듯이.

그런 그에게 결국 야율한이 고개를 끄덕여 보였다.

"일단 내친걸음이니 한번 해 보죠."

야율한의 답에 진무관주의 얼굴이 환하게 밝아졌다.

* * *

백도련의 창설을 주창한 태산파는 산동의 태산에 위치한다.

이미 알겠지만 산동은 해남검문이 장악한 지역이다. 당연히 백도련의 창설은 해남검문에겐 도전과 같았다.

세상에 알려진 해남검문의 기질이라면 창립은커녕 태산파가 숨도 쉬지 못해야 했지만 어쩐 일인지 태산파의 행사엔 해남검문이 방관에 가까운 행보를 보이고 있었다.

그 이유를 제 문사는 '백도의 부활을 방해했을 때의 후폭풍을 두려워해 잠시 해남검문이 물러선 것이다'라고 평했다.

아울러 그들이 정신을 차리고 방해하러 나서기 전에 일

을 마무리 지어야 한다면서 속도전을 주문했다.

그것이 제 문사의 이야기에 태산파가 정신없이 백도련의 창설을 밀어붙이는 이유였다.

그 과정에서 적지 않은 불협화음이 발생했지만 제 문사의 독촉에 밀려 힘으로 뭉개며 지나가고 있었다.

그렇다 보니 힘없는 소문파 여러 곳이 태산파의 행사에 큰 피해를 입었다.

물론 으레 강호가 그렇듯이 힘없는 그들의 목소리는 덧없이 묻혀 버렸다.

아니 그렇게 묻히게 태산파가 힘을 썼다는 것이 더 정확한 표현이다.

그런 일련의 과정 속에서 피해를 입었던 소문파들은 더 큰 상처를 입어야만 했다.

다른 때 같았다면 그냥 그렇게 묻혔을 일이 반전을 맞았다.

무당의 대표가 참석한다는 말에 그들이 태산으로 향하는 길목에 나뉘어 무당 사람을 기다리기 시작한 것이다.

백도의 전통적인 기둥이라 불리는 무당에 자신들의 억울함을 호소해 보자는 뜻이었다.

그런 이들 중 한 명을 진무관주가 만났다.

태산으로 향하는 길목을 전부 막고 있었으니 그건 피할 수 없는 일이었다.

"저를 기다렸단 말입니까?"

놀란 진무관주의 물음에 자신을 을검문의 문주라 소개한 장년의 사내가 고개를 끄덕였다.

"맞습니다. 무당의 고인을 기다렸습니다."

"아니 왜……?"

"저희의 억울함을 외면하지 말아 주십시오!"

"억울함이요?"

"예. 태산파가 백도련의 기틀을 마련한다는 명목으로 저희를 힘으로 밀어냈습니다."

"무슨 소립니까?"

놀란 표정인 진무관주의 물음에 을검문의 문주가 답했다.

"백도련이 세워진 곳이 어딘지 아십니까?"

"태산과 가까운 태안이라고 알고 있습니다."

"맞습니다. 그 태안이 바로 저희 을검문의 활동 영역이었습니다."

"그 말씀은……?"

불안한 표정인 진무관주의 물음에 을검문주가 답했다.

"태산에서 나가라더군요. 막무가내였습니다. 어떠한 반론도 받아들여지지 않았습니다."

"무조건 쫓아내었단 말입니까?"

"전각을 팔수 있었던 우리는 그나마 나은 편입니다. 태산 최대문파였던 현도방은 본거지를 빼앗겼습죠. 어찌 백도란 태산파가 이럴 수 있단 말입니까?"

분노가 절절히 묻어나는 을검문주의 호소에 진무관주가 물었다.

"태산파가 왜 그와 같은 무리수를 두었단 말입니까?"

"모르겠습니다. 저희의 항의에 그저 시간이 없다는 답만 돌아왔으니까요."

"태산파의 장문인께 직접 호소를 해 보았습니까?"

"무당 고인의 앞을 막아설 정성이면 무엇을 안 해 보았겠습니까?"

"피해 입은 태안의 문파들이 찾아도 가 보고, 호소문이 담긴 연판장도 전달해 보았지만 소용이 없었습니다."

을검문주의 답에 진무관주가 난감한 표정을 지었다.

사정은 딱했지만 자신의 처지가 녹록지 않았기 때문이다. 그는 백도련의 설립회의에 참석하기 위해 가는 무당의 대표였으니까.

만에 하나 그런 그가 태안 일대의 문파들이 당한 피해를 입에 담고, 문제를 삼으면 자칫 태산파의 행사를 무당이 방해하는 것으로 비춰질 가능성이 높았다.

가뜩이나 련주 자리를 두고 경쟁을 해야 할지도 모르는 상황에서 그러한 일은 피해야만 했다.

"죄송합니다. 이번 일은 도와드릴 수가 없……."

"그리 피하기만 할 것이라면 나도 부르지 말았어야 하지 않겠습니까?"

곁에서 들려온 야율한의 음성에 진무관주의 눈매가 가라앉았다.

* * *

을검문의 문주는 그제야 야율한을 제대로 보았다.

워낙 신경을 무당의 무복, 또는 무당의 표식을 찾는 것에 집중하다 보니 진무관주를 발견하고는 아무것도 시선에 들어오지 않았었기 때문이다.

한데…….

뒤늦게 시선을 준 자가 아무래도 눈에 익었다.

진무관주보다 훨씬 유명한 무당의 고수인가 싶었지만 당금 무당에서 진무관주보다 유명한 고수는 없다.

'하긴 무당 제일인보다 유명한, 가만 유명한!'

그 부분에서 기억속의 무언가가 떠오른 을검문주의 눈이 부릅떠졌다.

"사, 사, 사, 사……."

살예진천황의 살 자조차 제대로 발음하지 못할 정도로 놀란 을검문주의 귀로 진무관주에게 말을 잇는 야율한의 음성이 들려 왔다

"나는 이번 일을 무당이 어찌 처리하는지 보고, 태산파의 일에 나설지 말지를 결정해 볼까 합니다."

무당을 치열한 경쟁으로 내모는 일종의 압박이었다.

'네들 일은 네들 손으로'라는 소리였으니까.

그 의미를 제대로 알아들었기에 진무관주의 입에서는 깊은 침음이 새어 나왔다.

"흐음……."

진무관주가 괴롭거나 말거나 그 말을 던져 놓은 야율한은 한걸음 뒤로 물러나 상황을 지켜보겠다는 뜻을 노골적으로 드러냈다.

그런 그를 지그시 바라보던 진무관주는 결국 거친 논쟁의 한복판으로 발을 들여놓을 수밖에 없었다.

"가장 큰 피해를 보았다는 현도방 방주를 만나 볼 수 있겠습니까?"

진무관주의 물음에 어느새 놀람과 당황, 거기다 울분까지 모조리 사라진 얼굴로 을검문주가 답했다.

"현도방주만이 아니라 태안의 존재하는 모든 문파의 문주들을 만나 보실 수 있을 겁니다."

"그럼 안내를 부탁합니다."

진무관주의 말에 서둘러 앞장서는 을검문주를 따라 진무관주가 걸음을 옮겼다.

당연히 그런 두 사람을 야율한이 따랐다.

쫓겨난 태안의 문파들이 모여 있던 곳은 태안에서 백여 리 정도 떨어진 동평이란 작은 마을이었다.

정신없이 달려 동평에 도착한 을검문주는 진무관주의 한 걸음 뒤에 서 있는 부교주를 보고는 흠칫 놀랐다.

그가 왜 따라왔는지 알고 있음에도 그의 모습을 볼 때마다 놀라 움츠러드는 것은 어쩔 수 없었기 때문이다.

그렇다 보니 을검문주는 애써 야율한 쪽으로는 시선을 주지 않으려 노력했다.

자신이 겁을 먹고 있다는 것을 들키고 싶지 않았기 때문이다.

그런 을검문주의 안내로 두 사람은 이내 동평에 모여 있던 태안 지역 문파의 사람들을 만나볼 수 있었다.

그들도 을검문주와 마찬가지였다.

'무당의 진무관주께서 오셨습니다'라는 을검문주의 말에 일제히 진무관주에게 시선을 집중했던 것이다.

한 걸음 뒤에 서 있던 야율한을 유심히 살핀 이들은 아무도 없었다.

하지만 그것도 초반뿐이다. 결국 진무관주보다 한 걸음 뒤로 물러나 있던 야율한에게 시선을 주는 이들이 생겼기 때문이다.

그들 중 한 명의 입에서 비명 같은 음성이 새어 나왔다.

"사, 살예진천황!"

갑자기 무슨 똥딴지같은 말이냐는 표정으로 시선을 돌렸던 이들의 눈이 부릅떠졌다.

떡하니 부교주가 서 있는 것을 목격했기 때문이다.

그렇게 놀란 이들에게 진무관주가 서둘러 설명을 건넸다.

"이번 백도련 창립회의를 지켜보고자 오셨습니다."

"하, 하면 그 자리에 참석한 이들을 모두……?"

도륙하려는 의도냐는 물음이 생략된 것을 알아차린 진무관주가 서둘러 고개를 저었다.

"부교주께선 싸움이 아니라 대화를 위해 오신 겁니다. 별다른 일이 없다면 피는 보지 않을 겁니다."

그 말이 맞느냐는 듯 바라보는 이들에게 야율한이 말했다.

"아마도 그럴 겁니다."

'아마도'라는 부분이 걸렸지만 모여 있는 누구도 그걸 지적하지 못했다.

여기 있는 모두가 달려들어도 어쩔 수 없는 이가 바로 부교주였기 때문이다.

그것에서 오는 무력감이 사람들을 내리눌렀다.

그것이 태안 지역 문파 사람들에게서 진무관주의 출현과 함께 찾아왔던 활기를 다시 앗아 갔다.

침중한 표정이 되어 버린 이들을 진무관주가 씁쓸하게 바라보았다.

자신의 존재로는 어쩔 수 없는 부교주의 무게를 다시금 느꼈기 때문이었다.

 이런 분위기를 오래 끌고 갈수록 좋지 않다는 걸 잘 아는 진무관주는 더 이상 머뭇거리지 않았다.

 이내 모여 있던 이들을 이끌고 태안으로 향한 것이다.

 당연히 그 뒤를 야율한이 따랐다.

* * *

 을검문주의 말대로 강제로 빼앗은 현도방 자리에 머물고 있던 태산파의 고수들은 백도련의 창립총회 준비로 눈코 뜰 새 없이 바빴다.

 현도방이 태안 지역에서는 가장 큰 방파였다고는 해도 지방의 중소문파였다.

 전각은 겨우 여덟 개 남짓했고, 객사는 작은 건물 하나뿐이었다.

 그로 인해 백도련 창립총회에 모여든 인사들을 모두 수용할 수 있는 숙박시설이 턱없이 부족했다.

 그나마 현도방이 자신들의 규모에 어울리지 않는 큰 연무장을 세 개나 구비하고 있었기에, 태산파는 그중 두 곳에 수십 개의 천막을 세우는 것으로 부족한 객사를 대신할 수 있게 준비를 갖췄다.

그 많은 천막엔 어느새 태산파가 손님으로 맞은 수많은 백도 문파의 무인들이 바글거렸다.

그들에 대한 식사 등 접대도 태산파의 몫이었다.

그런저런 일들로 여념이 없던 현도방, 아니 백도련으로 진무관주를 위시한 태안의 무인들이 들어섰다.

쫓겨난 이들뿐이었다면 절대로 안으로 들이지 않았겠지만 그들의 앞에 서 있는 진무관주 때문에 태산파의 수문위사들은 길을 열 수밖에 없었다.

대신 수문위사들은 서둘러 내원에 있던 태산파의 고위 인사들에게 상황을 알렸다.

소식을 접하자마자 태산파의 장문인을 비롯한 수뇌부가 서둘러 나섰다.

그 안에는 태산파 장문인을 따라 나선 제 문사도 끼어 있었다.

물론 진무관주를 위시한 태안의 무인들과 함께 들어서던 야율한을 발견하고는 사색이 되었지만.

야율한도 마찬가지였다.

익숙한 기세에 시선을 제 문사에게로 주었던 그가 전혀 알 수 없는 모습에 고개를 갸우뚱거린 것이다.

마치 그것이 신호라도 된 양, 야율한의 눈이 붉게 물들기 시작했다.

그것이 무엇을 뜻하는지 알아차린 제 문사의 표정이 다

급해질 때 엉뚱한 곳에서 문제가 터져 나왔다.

덜덜덜덜덜.

마치 소리가 들리는 것처럼 느껴질 정도로 바들바들 떠는 이들이 생긴 것이다.

그것도 태산파의 수뇌 중 여섯 명씩이나.

일전에 진무관주가 태산파를 찾았을 때 마주했던 여섯 화경의 고수들이었다.

그들이 붉은 눈의 야율한을 보고는 사시나무 떨듯 떨기 시작한 것이다.

야율한의 이목도 제 문사를 떠나 그런 이들에게 돌려졌다.

"오호."

감탄사인지 아니면 좋은 먹잇감을 발견한 사냥꾼의 기분 좋은 소리인지는 몰라도 야율한의 입에서 새어 나온 소리에 바들거리며 떨던 여섯 태산파 고수들의 눈이 부릅떠졌다.

어느새 붉던 야율한의 눈이 파랗게 타오르기 시작한 것이다.

"처, 청안!"

태산파의 여섯 강신인의 입에서 동시에 신음처럼 새어 나온 음성이 신호였던지 그들이 일제히 부복했다.

"주, 주인님을 뵈옵니다!"

귀신을 누르고, 귀신을 복종시키며, 존재하는 모든 귀

신을 부린다는 청안에 결국 굴복한 것이다.

 최악의 상황이 도래했음을 알아차린 제 문사가 슬쩍 자리를 뜨려 했다.

 그런 그에게 야율한의 음성이 닿았다.

 "잠시 서시지요."

 움찔.

 돌리던 걸음이 그대로 멈춰졌다.

 무시하고 계속 움직이면 절대로 살아서 다음 걸음을 옮길 수 없다는 걸 알기 때문이었다.

 그것을 누구보다 잘 알기에 천천히 돌아선 제 문사를 바라보며 야율한이 싱긋 웃었다.

 "오랜만입니다."

 야율한이 자신을 알아보았다는 걸 직감한 제 문사, 아니 제갈기연의 눈동자가 사정없이 흔들리고 있었다.

 그런 그에게서 시선을 돌린 야율한이 진무관주에게 말했다.

 "대화들 나누세요. 전 저분과 함께 잠시 따로 이야기를 좀 해 봐야겠습니다."

 그 말과 함께 걸음을 옮기는 야율한을 따라 부복해 있던 이들이 황급히 무릎걸음으로 움직였다.

 일어나란 야율한의 명이 없었기 때문에 감히 일어서지 못한 것이다.

그런 이들을 달고 이동해가는 야율한을 사람들이 겁에 질린 눈으로 바라봤다.

특히 태산파의 장문인은 놀라다 못해 절망한 표정이었다.

지금까지 태산파의 힘이 되어 주었던 여섯 고수들이 마치 오랜 시간 기다렸던 주인을 만난 강아지처럼 변해 버린 것을 목격한 까닭이다.

그 어이없는 와중에도 상황이 이해되어 버렸다.

태산파도 도술을 계승하는 중원 도맥 중 하나.

당연히 도맥에서는 '귀안'이라고도 불리는 적안을 태산파의 장문인도 알아보았던 것이다.

물론 안다고 그걸 받아들일 수 있는 것은 아니었지만.

휘청거리는 장문인을 주변에 있던 다른 태산파의 장로들이 황급히 부축했다.

그런 태산파 사람들의 소란을 힐긋 일별한 야율한이 잠시 멈추었던 걸음을 옮겼다.

그런 그를 사색을 넘어 포기의 감정이 역력한 제 문사가 따랐다.

물론 여전히 부복한 자세 그대로인 여섯 태산파의 고수들도 무릎걸음으로 움직였다.

아직 일어나라는 야율한의 명이 없었기에 벌어진 일이었다. 그만큼 강신인들이 청안에 강력하게 구속되어 있음을 보여 주는 장면이었다.

그 속내를 아는 태산파 장문인의 눈이 질끈 감겼다.

 태산파의 명성이, 모처럼 맞은 태산파의 기회가 무너지는 소리가 그의 귓가로 들리는 듯했기 때문이다.

 아니나 다를까, 속내를 모르는 이들은 당황과 놀람으로 물든 눈길로 부교주를 쫓아가는 태산파 고수들을 의심 어린 시선으로 바라봤다.

 도술에는 문외한이었던 진무관주였지만 돌아가는 상황을 모를 정도로 눈치가 없는 사람은 아니었다.

 대강의 상황을 깨달은 그가 이내 기세를 퍼트렸다.

 화경에 이른 진무관주의 기세가 퍼져 나가며 장내를 단숨에 틀어쥐었다.

 자신과 동급, 또는 그 이상으로 예상되던 태산파의 여섯 고수가 한 번에 제거(?)된 덕에 할 수 있었던 행동이었다.

 갑자기 코앞에서 쏟아져 나오는 강력한 기세에 번쩍 눈을 뜬 태산파 장문인의 시선에 기세등등한 진무관주의 표정이 들어왔다.

 그 하나만으로도 주도권이 자신들, 태산파에게서 진무관주에게로 넘어가 버렸다는 것을 인정할 수밖에 없었다.

 그것에 다시금 절망하는 태산파 장문인을 지그시 바라보며 진무관주가 천천히 말문을 열었다.

 태안에서 벌어졌던 강압적인 태산파의 행사를 꾸짖는 진무관주의 음성이 옅게 들려오는 곳에서 걸음을 멈춘으로 끌려온 소처럼 처연한 표정이 된 ──었다.

"──떠났다고 들었더니 예서 이러고 있었군요."
"──야 하니까요."
"──이 굳이 타인을 뒤에서 조정하는 것일 필요 ──각입니다만."
"──말에 그를 슬쩍 올려다본 제갈기윤이 고개를

"삶의 방식은 저마다 다른 법, 부교주가 마치 모든 걸 아는 것처럼 말할 수는 없는 법이요."
"그야 그렇긴 합니다만 적어도 그대의 삶이 정도가 아닌 것은 알겠습니다만."
"하! 명교의 부교주께서 정도를 논하다니 어이가 없구려."
제갈기연의 비웃음에 싱긋 웃어 보인 야율한이 말했다.
"그럼 어찌하는 것이 어울릴까요? 그대의 배를 가르고, 모가지를 떼어 내며 광소를 흘려야 어울릴까요?"
살벌한 말을 장난처럼 던지며 움직이는 야율한의 손가락에 어린 것은 선명한 강기였다.
그걸 바라보는 제갈기연의 눈빛에 긴장이 들어섰다.
저 손가락이 까닥 움직여지면 장난 같은 말대로 자신의 배가 갈리고, 목이 잘려 나갈 걸 알기 때문이다.
그 탓에 긴장하는 제갈기연을 바라보며 야율한이 말을

이었다.

"말보다 행동에 이처럼 더 선명히 반응하니 마도인들이 칼부터 뽑는 겁니다. 그게 싫다면 말할 때 귀담아 들으세요."

"지금 나랑 대화를 하자는 뜻입니까?"

의아한 듯 묻는 제갈기연에게 야율한이 답했다.

"아니면 내가 심심해서 이러고 있을까요?"

자신에게 반문을 던지는 야율한의 뒤로 여전히 엎어져 있는 여섯 강신인의 모습이 보였다.

그 모습을 한눈에 담은 제갈기연이 작은 한숨과 함께 고개를 끄덕였다.

"하아…… 말씀하세요. 경청하겠습니다."

하긴 듣지 않을 방법이 없는 상황이었으니까.

* * *

마지못한 표정인 제갈기연에게 야율한이 말했다.

"더 이상 강신인을 만들지 마세요."

"하지만 그건……."

"부탁하는 것이 아닙니다."

차고, 단호한 야율한의 음성에 제갈기연의 말문이 막혔다.

그런 제갈기연에게 야율한이 말을 이었다.

"가장 간단한 것은 마도가 항상 그래 왔듯이 고민 없이 이 자리에서 그쪽을 죽여 없애는 것일 겁니다. 솔직히 그게 가장 깔끔하죠."

 겁박이다.

 문제는 세상에서 가장 흉폭한 자의 겁박이라는 점이었다. 그냥 말만으로 끝나지 않을 가능성이 높은 말이란 뜻이다.

 "……."

 그 탓에 긴장 어린 표정으로 아무 말도 하지 못하는 제갈기연에게 야율한이 말했다.

 "그럼에도 살려 보내는 것은 적어도 마도가 그냥 칼만 휘두르는 이들이 아니라는 것을 알려 보고자 하는 것입니다. 내 시도를 헛되게 만들지 마세요."

 그럼 재미없다던가, 다시 찾아가 죽인다던가 하는 말은 없었지만 충분히 두려운 말이었다.

 그래서였는지 제갈기연이 물었다.

 "하면 죽은 듯이 살란 말이오?"

 "기껏 살려 보내면서 그리 살라 말할 수는 없겠죠."

 "하면……?"

 "강신인만 만들지 마세요. 나머진 뭐…… 다만 그래도 명색이 무림맹의 군사였는데 부끄러운 짓은 하고 다니지 맙시다."

 그 말을 끝으로 신형을 돌리던 야율한이 마치 뒤늦게

생각났다는 듯이 한마디를 추가로 던졌다.

"아! 향기랄까, 흔적이랄까. 팔미대사의 기운이 느껴지더군요. 같이 있는 모양인데 자중하라고 하세요. 아니면 찾아간다고."

그 말을 던져 놓고 휘적휘적 걸어가는 야율한의 뒷모습을 제갈기연이 무거운 시선으로 바라봤다.

결론만 말하자면 백도련의 맹주는 태산파의 차지가 되었다.

마지막 과정에서 무당을 대표하는 진무관주가 한발 물러섰기 때문이다.

다만 백도련을 현도방이 아니라 별도의 전각을 사서 마련하기로 했다.

당연히 현도방은 본래의 주인에게 돌려주기로 했다.

태안의 여타 문파들의 귀환도 허락되었다.

이 모든 조치에 태산파가 동의하는 것을 대가로 련주의 자리를 무당이 양보했던 것이다.

태산파 입장에서도 뜻밖의 결과였던지 장문인이 꽤나 고무된 표정이었다.

물론 명교와 서로 칼을 겨누지 않길 바란다는 말을 전하는 야율한의 뒤에, 공손히 시립해 있는 여섯 명의 강신인을 발견하고는 다시 세상을 모두 잃은 표정으로 돌아갔지만.

솔직히 말해 태산파는 백도련주의 자리는 지켰을지 몰라도 그 자리를 유지하고 힘을 투사할 능력은 잃어버린 셈이었다.

강호는 련주라는 자리만으로 무언가를 이룰 수는 없는 곳이었으니까.

그래도 태산파의 장문인은 희망을 잃지 않았다.

부교주가 돌아가면 강신인들은 다시…….

명교가 먼저 피를 부르지 않는 이상, 백도련도 명교를 먼저 도발하지 않겠다는 약조를 련주가 된 태산파의 장문인이 하자마자 돌아서는 야율한을 따라 강신인들이 떠나 버렸다.

희망을 잃고 망연자실한 표정이던 태산파의 장문인이 황급히 제 문사를 찾았다.

한 번 만든 강신인, 두 번은 못 만들까 싶었기 때문이다.

하지만…….

방금 전까지만 해도 근처에 있던 제 문사가 흔적도 없이 사라졌다.

그것이 강신인을 잃은 것보다 더 크게 와 닿은 태산파의 장문인이었다.

그래서인지 그는 수많은 태산파의 제자들을 풀어 제 문사를 찾고자 노력했다.

하지만 어디서도 제 문사를 찾을 수는 없었다.

* * *

 그렇게 말 많고, 일 많았던 백도련의 창립총회가 열리던 날, 귀주에선 사황성의 재개파가 성대하게 열렸다.
 몸을 숨겼던 수백의 사황성 고수들이 다시 모습을 보였고, 숨을 죽였던 많은 사파가 구름처럼 모여들었다.
 진정한 사파의 주인이 돌아왔음에 기뻐했던 것이다.
 더구나 그 자리에 명교의 교주가 참석해 있었다.
 명실상부한 천하대파이자 천하제일인을 가진 명교였다. 그곳의 교주가 참석했다는 것의 의미를 모를 만큼 멍청한 이들은 아무도 없었다.
 그 자리에서 새로이 사황에 오른 인면주사는 교주를 '교주'가 아니라 '숙부'라 불렀다.
 그 호칭에 교주가 고개를 끄덕이며 사황성의 재개파를 축하하고, 무훈을 기원했다.
 적어도 인면주사가 사황으로 있는 동안에는 살벌한 마도와 충돌할 일은 없을 거란 확신이 사파인들에게 뿌리내리는 기회였다.
 더구나 사황은 고개를 숙이되 명교의 교주가 아니라, 사사로운 관계인 숙부라 지칭함으로써 명교의 아래가 아님을 밝힌 것이기도 했다.

그것이 항상 마도에 치이던 사파인들의 가슴에 불을 지폈다.

사황성으로 떠나기 전, 야율한이 반드시 인면주사에게 교주가 아니라 숙부라 칭하게 하라는 이유를 알 수 있게 되는 대목이었다.

굴욕감에 적대심을 키우는 대신, 사파인들의 자존심을 지켜 주며 오히려 마도와의 친밀감을 형성하는 방법이었던 것이다.

물론 교주야, '사파 떨거지들한테 뭐 하러 이런 것까지 신경 쓰나' 싶긴 했지만.

여하간 그런 저런 배려들을 펼치며 떡하니 앉아 있는 교주의 앞에서 암혈문과 산주련, 그리고 귀교는 사황성에 충성을 맹세했다.

당금 사파의 중심이 되는 세 문파의 충성맹세 뒤로 수십 사파의 충성맹세가 따랐다.

그렇게 사황성의 재개파 의식이 성대히 치러졌다.

비로소 사황성의 붕괴로부터 시작되었던 사파의 혼란이 마무리되며 어수선했던 중원의 남부가 제자리를 찾았다.

* * *

인면주사의 공손한 배웅을 받으며 명교로 돌아온 교주

는 소란스러운 부교주전 담장에 턱을 괴고 안을 들여다 봤다.

난장판이었다.

현경들이 담장 쪽에 붙어 재미난 걸 지켜보는 표정인 가운데 부교주전 연무장에선 화경들이 피 터지게 뒹굴고 있었다.

"뭐 하는 거냐?"

교주의 물음에 비로소 그를 발견한 철마가 황급히 고개를 숙였다.

"돌아오셨습니까, 교주님."

"그래. 그나저나 저건 뭐 하는 거야?"

"서열 정리 중입니다."

"그건 전에 끝난 거 아니었어?"

"그랬는데 이번에 부교주님이 여섯을 다시 데려오셨거든요."

"화경 여섯을?"

"예. 태산파가 데리고 있던 강신인들이라던데요."

"뭔 놈의 세상에 강신인이 그리 많은지. 새로운 놈들은 쓸 만은 하냐?"

"제법 독기도 있고, 괜찮습니다."

"그럼 되었다."

그 말을 끝으로 관심을 끊고 휘적휘적 걸어가는 교주를

철마가 바라봤다.

교주는 권력자였다.

문제는 부교주의 힘과 권력이 계속 늘어나고 있다는 점이었다.

그럼에도 아무렇지도 않은 교주를 바라보며 철마는 정말 대단한 사람이라고 생각했다.

권력은 부자지간에도 나누는 것이 아니라는 말이 있기 때문이다.

괜히 황궁에서 부자지간, 또는 형제지간에 골육상쟁이 벌어지는 것이 아니니까.

무림도 마찬가지다.

아니, 칼로 살아가는 것이 무림이기에 사실 더 날카로운 곳이다.

그런 곳의 권력자가, 그것도 힘이 모든 것을 대변하는 마도의 권력자가 저리 초탈할 수 있다는 것은 분명 쉬운 일은 아니었다.

하긴 그리고 보면 지금쯤 서각에서 깨가 쏟아지고 있을 부교주도 대단한 사람이다.

진즉 사형을 넘어설 힘과 능력을 갖추고서도 여전히 제자리를 지키고 있었으니까.

"덕분에 명교가 지금처럼 태평성대이니 다행이겠지."

빙긋이 미소 짓는 철마의 곁으로 파극이 다가섰다.

"비 맞은 중처럼 혼자 뭘 그리 중얼거려."

"아! 그냥 혼잣말. 그나저나 여전히 결판 안 나네."

여전히 백중세를 보이는 연무장을 바라보는 철마의 평가에 파극이 어깨를 으쓱여 보였다.

"새로 온 놈들, 꽤나 독해. 진작 떨어져 나갔어야 하는데도 버티네."

"하긴 지난 시간 담금질한 놈들과는 다르겠지."

그랬다.

화경이라고 다 같은 화경이 아니었다. 긴 시간은 아니었지만 명교에서 수련으로 갈고 닦은 기존의 화경들이 전반적으로 새로 합류한 화경들보다 뛰어났던 것이다.

그로 인해 목숨을 빼앗을 수 없다는 규정만 아니었다면 진즉에 끝났을 싸움이었다.

결국 철마와 파극이 서로 시선을 주고받더니 싸움을 중단시켰다.

더 진행해 봐야 아무런 의미가 없다고 판단한 것이다.

기존의 화경들은 순순히 그 조치를 받아들였지만 새로 합류한 화경들은 반발했다.

그 모습을 굉장히 기뻐하며 철마와 파극이 연무장으로 들어섰다.

그날, 새로 합류한 여섯 명의 화경은 왜 기존의 화경들이 순순히 말을 들었는지 뼈저리게, 진짜로 뼈가 저리게 확인할 수 있었다.
 결과를 가지고 서각으로 향한 파극은 남궁희연의 무릎에 누워 있는 부교주를 발견했다.
 "어험, 험!"
 파극의 헛기침에도 야율한은 남궁희연의 무릎에 누운 채 일어날 줄 몰랐다.
 "왔습니까?"
 "아! 예."
 당황한 파극을 바라보며 야율한이 말했다.
 "반각 남았습니다. 모처럼 무릎에 누울 수 있는 기회를 얻었죠. 그러니 이해했으면 합니다."
 야율한의 말에 쓰게 웃은 파극이 말했다.
 "그러니 얼른 혼례를 올리시라니까요."
 파극의 말에 부교주가 씨익 웃었다.
 "사형부터 보내 드리고요."
 "교주님은 성혼에 뜻이 없으신 것 같던데요."
 "설마요. 좀 전에도 저기 담장에 턱 올려놓고 한참 부러운 눈길로 바라보다 가셨는데요."
 눈앞에 보이듯이 그려지는 교주의 모습에 파극이 다시금 빙긋이 미소 지었다.
 그런 파극의 귀로 야율한의 음성이 들려왔다.
 "너희에게 찾아보라고 했는데 영 소식이 없네요."

"마화는 자신이 시집갈 거라고 그러던데요."

파극의 답에 야율한이 일어나 앉았다.

"사형의 이상형과 마화는 맞지 않는다고 분명히 말해두었는데도 그런단 말입니까?"

"마화의 속내야 뭐, 뻔하니까요."

마화의 목표는 언젠가 야율한에게 말한 적이 있었듯이 현경에 도달하는 것이다.

현경에 도달하면 밤마다 사내를 불러들이지 않아도 될 테니까.

문제는 마화의 경지가 화경에서 좀처럼 발전하지 못하고 있다는 점이었다.

교주의 평가는 아무래도 마화의 한계가 아닐까 싶다는 것이었다.

부교주가 보기에도 그 평가가 틀린 것 같지 않았다.

어느 기준을 넘어서면 육체를 수련하는 것만으로는 성장할 수 없는 한계에 도달한다.

흔히 말하는 깨달음이 중요해지는 순간이 오는 것이다.

명교는 그 깨달음조차 육체를 죽기 살기로 몰아붙여서 당겨오는 방법을 취했지만 그것도 한계가 있는 법이니까.

깨달음이란 그래서 넘기 어려운 장벽이었다.

그 높은 장벽 앞에서 마화가 멈춰버린 것이다.

안타까운 일이었지만 마화 혼자에게만 일어나는 일도

아니었다. 수천, 수만의 명교 무인들이 겪고 있는 문제였으니까.

누군가는 절정의 벽조차 넘어서지 못하기도 했고, 또 누군가는 초절정의 벽 앞에서 몇십 년째 헤매고 있기도 했다.

그러니 마화의 능력이 부족해서라는 뜻은 아니다.

적어도 그녀는 절정과 초절정을 넘어 화경에 도달한 사람이었으니까.

최소한 세 번의 깨달음을 얻은 자란 뜻이다.

그러니 그녀의 능력이 부족한 것은 아니다. 단지 호교존자의 표현을 빌리자면 신의 뜻이 현경에까지 닿지 않았을 뿐이다.

그걸 그녀도 아는지 요사이 부쩍 교주에 대한 욕심이 늘었다.

교주와의 방중술을 통해 현경으로 나가는 방법을 찾으려는 것이다.

그걸 떠올리며 고개를 내저은 야율한이 물었다.

"그건 그렇고 결과는 나왔습니까?"

"예상대롭죠. 새로 온 이들이 패했습니다."

"순순히 수긍하던가요?"

"철마와 제가 조금 즐거운 시간을 보냈습니다."

싱긋 웃는 파극의 모습에 야율한이 그 뜻을 알아차리고

는 피식 웃었다.

"상관들의 무서움을 알게 되었겠군요. 나쁘지 않아요. 알았습니다. 잘 적응하도록 도와주세요."

"예. 걱정하지 마십시오. 부교주님."

자신 스스로도 외부인 출신인 파극이었다.

그런 파극의 말이었기 때문인지 부교주는 순순히 고개를 끄덕였다.

그런 부교주에게 공손히 허리를 숙여 보인 파극이 나가자 야율한이 자리에서 일어섰다.

그런 그에게 남궁희연이 놀란 표정으로 물었다.

"어디 가게요?"

"사형한테요. 나눌 이야기가 생각났어요."

그 말을 남겨 놓고 서각을 나서는 부교주의 등을 바라보며 남궁희연이 작게 중얼거렸다.

"아직 반각 남았는데……."

왠지 미련이 많이 남은 듯 보이는 남궁희연이었다.

52장
두려움의 갈등

두려움의 갈등

요사이 교주는 명상을 하는 경우가 많았다.

몸을 혹사시키는 수련으로는 좀처럼 머릿속을 어지럽히는 깨달음의 끄트머리를 잡아챌 수 없었기 때문이다.

백도의 고수들이 명상으로 깨달음을 추구한다는 소리를 들은 뒤로 그 방법을 취해 보는 중이었던 것이다.

오늘도 교주는 그렇게 명상을…….

"드르르렁. 쿨…… 드르르렁. 쿨……."

교주전에 딸린 연무장 한복판에서 가부좌를 틀고 앉아 잠이 든 교주를 바라보며 야율한이 피식 웃었다.

그런 그에게 혈검대주가 물었다.

"깨울까요?"

"두세요. 세기 온 기감도 못 느낄 정도로 깊게 잠이 드신 모양인데. 그나저나 요즘도 잠을 잘 못 주무십니까?"
 야율한의 물음에 혈검대주가 답했다.
 "예. 사흘 만에 처음 주무시는 겁니다."
 혈검대주의 답에 야율한이 고개를 끄덕였다.
 그 마음을 이해하기 때문이다. 자신도 교주가 겪고 있는 상황을 똑같이 마주하고 있었으니까.
 그도 표시를 잘 내지 않을 뿐이지 미치기 일보 직전인 것은 같았다.
 그렇기에 잠이 든 교주를 잠시 바라보던 야율한이 조용히 물러났다.
 그렇게 야율한이 떠난 직후, 교주의 눈이 가늘게 떠졌다.
 "갔냐?"
 "일어나셨습니까?"
 "그래. 그나저나 한이는 갔냐니까?"
 "예. 가셨습니다."
 혈검대주의 답이 있고서야 자리에서 일어서며 교주가 기지개를 폈다.
 "하, 잘 잤다."
 "깨셨던 겁니까?"
 "그럼 한이 정도의 기감이 다가오는데 당연하지."
 "한데 왜……?"
 "자는 척을 했냐고?"

"예. 그러실 이유가 없으시잖습니까?"

"왜 없어. 쟤가 괜히 왔겠어? 뭔가 잡았냐고 물어보러 왔겠지."

"그럼……?"

"답해 줄 게 없었단 말이다. 사형이랍시고 뭐 하나라도 나아야지. 이거야 원 쪽팔려서. 똑같이 헤매고 있다고 답하는 것도 하루 이틀 아니겠냔 말이다."

그제야 교주가 자고 있는 척을 한 까닭을 알아차린 혈검대주가 희미하게 웃었다.

그런 그에게 교주의 물음이 던져졌다.

"그나저나 한이 얼굴은 어떻데? 그 녀석 저번에 보니까 눈 밑이 퀭하던데."

"오늘은 조금 나아 보이시긴 합니다만 여전히 수척해 보이긴 했습니다. 철마의 말로는 부교주님도 여전히 헤매고 계시는 듯했으니까요."

"이게 그렇다니까. 눈앞에서 알짱알짱. 차라리 그러지나 않으면 포기라도 하지. 사람 미치게 만든다니까."

투덜거리는 교주의 마음을 혈검대주도 이해한다. 그가 화경의 벽을 넘을 때 긴 시간 겪어봤던 것이기 때문이다.

그런 까닭에 혈검대주는 그저 담담히 바라볼 수밖에 없었다.

누구도 대신할 수 없는 자신만의 싸움이라는 걸 아는

까닭이다.

그런 혈검대주를 멀거니 바라보던 교주가 퉁명스레 말했다.

"그렇게 사부가 제자 바라보듯 보지 마! 죽은 사부 생각나서 영 기분 별로니까."

"아! 죄송합니다. 공감한다는 생각에 그만……."

황급히 고개를 조아리는 혈검대주에게 입을 삐죽여 보인 교주가 물었다.

"그나저나 너는 어때? 발전은 좀 있어?"

"아직 먼 모양입니다. 가물가물, 그런 것도 아직 못 느끼는 중이니까요."

"그렇다고 손 놓지 마. 화경을 넘은 지 얼마 안 되서 그런 거니까. 달리다 보면 현경의 벽이 떡하니 다가서겠지."

"예. 교주님. 열심히 하겠습니다."

"그래. 꼭 현경 넘어서서 철마 새끼 낯짝 한번 구겨 주자. 그 새끼 현경이라고 네 앞에서 거들먹거리는 거 아주 꼴 보기 싫어 죽겠으니까."

자신의 수족인 혈검대주에게 으스대는 철마가 미웠던 모양이다. 그런 교주에게 혈검대주가 미소로 답했다.

"예. 속하가 꼭 현경을 넘어서 철마 놈의 코를 납작하게 만들어 주겠습니다."

"그래. 그러자. 그러자면 너나 나나 또 할 건 하나뿐이지. 하, 이놈의 다람쥐 쳇바퀴 같은 인생이라니!"

말은 그러면서도 다시 가부좌를 틀고 앉는 교주의 표정은 진지했다.

그가 얼마나 최선의 노력을 다하고 있는지 알 수 있는 대목이었다.

그런 교주의 모습에 자극을 받았는지 부교주의 출현으로 잠시 멈춰졌던 혈검대주의 수련도 다시 시작되었다.

교주전에서 멀어지던 야율한의 입가로 미소가 스며들었다.

수십 리 거리에서 낙엽 떨어지는 소리까지 들을 수 있는 야율한이었다.

고작 수십 걸음 떨어진 교주전에서 나누는 대화 소리를 못 들을 리 없었던 것이다.

그걸 누구보다 잘 아는 교주였다.

교주의 능력도 야율한과 별반 차이가 나지 않았으니까.

그럼에도 저리 행동한다는 것은 진짜로 얼굴 보기 민망하다는 뜻일 것이다.

그러니 지금은…….

빙긋이 웃으며 걸음을 옮기던 야율한의 표정이 빠르게 굳어갔다. 마화가 다가오는 것을 발견한 까닭이다.

교주에게 알맞은 상대를 찾아보라 했더니 자신이 계속 치근덕거리고 있는 마화가 좋게 보일 리 없었던 것이다.

그런 야율한의 마음도 모른 채 환하게 웃으며 다가온 마화가 곱게 허리를 숙였다.

"부교주님을 뵈어요."

단지 인사에도 색기가 흐르고, 코맹맹이 소리가 났다.

아무리 그녀가 익히고 있는 주안술의 영향이라고는 해도 이건 고의적이다.

"마화."

"예. 부교주님."

"난 임자가 있습니다."

"예?"

"성혼할 상대가 있단 소립니다."

"아! 서각의 아씨가 계시는 건 알죠. 한데 왜 그런 말씀을……?"

"그냥 그렇단 말입니다."

슬쩍 짜증이 묻어나는 야율한의 답에 마화가 조심스러운 표정으로 물었다.

"혹시 서각 아씨와 잘 안 되십니까?"

그 말을 하는 마화의 양손이 빠르게 서로 붙었다 떨어졌다를 반복했다.

그게 무슨 의미인지 알아차린 야율한의 얼굴이 붉게 물

들었다.

"그, 그런 거 아닙니다!"

"한데 왜 그리 기분이 저조하신 겁니까? 솔직히 말씀해 보세요. 제가 남자한테 좋은 약도 소개해 드리고 여자가 한 번에 넘어오는 기술도……."

"아니라니까요!"

버럭 소리를 지르는 야율한에게 마화가 씨익 웃어 보였다.

"그게 부끄럽기만 한 일은 아니라니까요."

이래서는 끝이 없겠다고 생각한 야율한이 고개를 내저으며 물었다.

"쓸데없는 소리 그만하고, 교주님의 배필을 구하라는 건 어찌 되어갑니까?"

"그건…… 솔직히 제가 있는데 그럴 필요가 있겠습니까?"

직설적인 마화의 물음에 야율한이 다시 고개를 저었다.

"교주께서 마화 장로는 자신의 취향이 아니라고 확실히 못을 박으셨다고 이미 말씀드렸는데요."

"아직 제 진가를 잘 몰라서 그래요. 밤을 함께 지내고 나면……."

"마화 장로."

"예. 부교주님."

"두 번 말 안 합니다. 마화 장로는 아니에요!"

단호한 야율한의 말에 마화의 표정이 금세 시무룩해졌다.

"그럼 저는 언제까지 이러고 삽니까? 매일 밤 사내를 갈아가며…… 지친다고요."

"한 사내에게 정착을 하세요."

"버티질 못하니까요."

"무슨 소립니까?"

"밤새 기운이 빨려 나가는 걸 버틸 사내가 없다는 소립죠."

하긴 마화가 밤에 사내를 침실로 불러들이는 것은 어긋난 음양의 조화를 맞추기 위해서다.

당연히 상대 남성의 양기가 대량으로 빨려 나가는 것이다.

그걸 하루도 아니고 며칠씩 반복할 수 있는 사내는 없다.

"그건 교주님도 마찬가지 아닐까요?"

"교주님은 다르시죠. 교주님이 익히고 있는 극양의 신공들이 하나둘이 아니시니. 아마 양기가 남아돌걸요?"

"그, 그건……."

마화의 말이 틀리지 않다는 걸 아는 탓에 뒷말을 제대로 잇지 못하는 야율한이었다.

그런 그에게 마화의 말이 이어졌다.

"그러니까 남아도는 양기 적선 한번 하시는 셈 치라고

하세요. 그러다 보면 이제 제 진가도 알게 되시고…… 부교주님? 부교주님 어디 가세요!"

자신이 말하는 와중에 빠른 걸음으로 도망치듯 멀어지는 야율한을 따라가며 달라붙는 마화의 음성이 길게 이어졌다.

그런 두 사람의 모습을 어느새 교주전 담장에 턱을 괴고 바라보던 교주가 중얼거렸다.

"저거, 저거 날 어떻게든 노리겠다는 거지!"

"마화 입장에서는 교주님이 유일한 구세주이니까요. 죽은 사람 소원도 들어준다는데 한번 들어주시죠."

혈검대주의 말에 교주가 대번에 눈을 가늘게 떴다.

"그러면 네가 해 보지 그래. 너도 극양에 해당하는 심공을 익히고 있잖아."

"그, 그걸로는 부족하지 않을까요? 마화가 화경인데 빨려 나가는 양기의 수준이……."

왠지 겁먹은 표정인 적혈검대주의 답에 교주가 심드렁하니 반문했다.

"나라고 다르겠냐? 가뜩이나 중요한 순간인데, 괜히 문제 생기면 그땐 누굴 원망하라고. 안 돼!"

단호한 교주의 음성에 혈검대주는 아무래도 마화의 뜻은 이루어지기 어렵겠다고 생각했다.

교주와 혈검대주의 대화를 모르는 마화가 끝까지 따라

붙자 야율한은 경공까지 써서 도망가 버렸다.

그런 까닭에 도토리 신세가 되어 버린 마화의 곁으로 철마가 다가섰다.

"교주님 문제냐?"

"그래. 교주님도 그렇지만 부교주님도 영 곁을 안 주시네."

"부교주님은 교주님의 평생 배필을 찾으시는 거고, 넌 네 목적 달성을 위한 대상으로 접근하고 있는 거니까."

"목적이 평생이 될 수도 있는 거잖아?"

"네 입장에서는 그럴 수 있는 거라도 부교주님 입장은 다르니까. 한데 요새 왜 적극적이야? 전엔 이 정도는 아니었잖아?"

철마의 물음에 시무룩한 표정의 마화가 답했다.

"요즘 들어 한계가 느껴져. 이러다간 누구 하나 잡지 싶다."

생명이 위협당할 정도로 양기를 빨아내고 있다는 뜻이었다.

그 위험성을 알아차린 철마의 눈이 커졌다.

아무리 강자지존이 철칙인 명교라 해도, 자신의 욕심을 채우기 위해 같은 명교의 무인을 살해하는 일은 용납되지 않는다.

그게 용납되면 명교는 아수라장이 될 테니까.

그래서 부교주가 새로운 질서를 세우기 이전에도 그런

일은 절대로 용납되지도, 용서되지도 않았다.

 하물며 부교주가 눈을 시퍼렇게 뜨고 있는 상황에서 그런 일이 벌어지면 마화는 죽은 목숨이다.

"그건 절대로 안 되는 거 알지?"

 걱정 어린 철마의 말에 마화가 고개를 끄덕였다.

"알지. 아니까 버티느라 사력을 다하는 것이고. 그럼에도 잘 안 돼. 방중술이 시작되면 나도 순간순간 이성을 잃으니까."

"미치겠군. 그럼 정말 교주님뿐이 답이 없다는 소린데."

 화경인 마화가 작정하고 빨아들이는 양기다. 양기 충만한 젊은 무인들도 생명이 위험할 지경이란다.

 하물며 환갑을 지난 고위 무인들이야 말해 무얼할까.

 실제로 철마도 양강지공을 익혔다. 그럼에도 마화가 철마에게 치근거리지 않는 것은 동기라서만은 아니었다.

 철마가 익히고 있는 심공은 양강지공이긴 했어도 극양에 해당하지는 않는다.

 그 말은 마화가 철마의 양기를 빼앗으면 그건 그대로 철마의 양기부족으로 이어진다는 뜻이다.

 양기가 부족한 양강지공의 고수는 내력이 딸리는 고수만큼이나 치명적이다.

 그걸 알기에 현경에 도달한 철마임에도 마화가 아무 소리가 없는 것이다.

그런 마화를 바라보며 철마가 조심스럽게 물었다.

"너 섭혼 가능하잖아."

"뭐, 섭혼으로 교주님을 꼬시라고?"

"안 될까?"

"현경이야. 그것도 극단. 되겠니?"

"섭혼은 적어도 두 단계 이상까지는 먹히잖아."

"단순히 내력만의 차이가 아니니까. 교주님은 건곤대나이를 익혔잖아."

"아!"

"아? 생각 좀 해라. 건곤대나이는 세상 모든 흡정무공의 근간이야. 흡정에서 파생된 섭혼도 그 영향력에서 벗어날 수 없지. 교주님이 마음만 먹으면 내가 쓸 수 있는 섭혼 따윈 단박에 깨져."

"그렇게 섭혼이 깨지면 자신한테 섭혼술을 쓰려던 널 교주님이 가만히 두지 않으시겠지."

"모가지가 남아나겠니? 그러니까 순리대로 가야 한단 말이다."

마화의 답에 철마의 표정이 진중해졌다. 그가 정말로 고민하기 시작했다는 뜻이다.

자신을 위해 철마가 그렇게 신경을 쓰고 있다는 것에 마화가 고마운 마음이 들었다.

그런 마화에게 철마가 고민을 끝내고 말했다.

"답은 역시 하나야."
"뭔데?"
기대 어린 마화의 물음에 철마가 답했다.
"술!"
와락 구겨진 마화의 입에서 차마 글로 옮기기 어려운 욕설이 쏟아졌다.

그렇게 한바탕 쏟아 내고 거칠게 걸어가는 마화의 마음에선 방금 전까지 가득했던 철마에 대한 고마움은 단 한 톨도 남아 있지 않았다.

그렇게 멀어져 가는 마화를 바라보며 철마가 투덜거렸다.
"사내랑 여인, 거기에 술이면 된다니까 안 믿고 지랄이네. 에이, 쯧."
투덜거린 철마도 다시 수련으로 돌아갔다.

* * *

태산파에서 떨어져 나온 제갈기연이 산동의 청도라는 포구에서 하염없이 바다를 보고 앉아 있었다.

원래 계획대로라면 이 포구에서 광동의 뇌주로 가는 배를 탈 생각이었다.

그렇게 간 뇌주에서 다시 해남으로 들어가는 배로 옮겨 탈 계획이었으니까.

한데 막상 포구에 도착하고 나니 생각이 복잡해졌다.

팔미대사, 아니 만사검황을 찾아가면 다시 귀계와 협잡이 판을 치는 소용돌이 속으로 걸어 들어가는 셈이었으니까.

문제는 그걸 계속 하고 싶은 생각이 들지 않았다는 것이다.

정작 부교주에겐 그저 숨만 쉬라는 것이냐며 반발했던 것이 무색해지는 순간이었다.

'이 지긋지긋한 강호에서 벗어나 밭이나 일구며 살까?'

언뜻 들었던 생각이 꼬리에 꼬리를 물며 이어지고 있었던 것이다.

그것이 벌써 사흘째 포구 앞에 쪼그리고 앉아 바다만 바라보는 이유였다.

그런 그에게 접근하는 사내가 있었다.

"그대도 떠나간 여인을 생각하는 게요?"

갑작스런 음성에 옆을 돌아보니 비슷한 또래의 중년 사내가 보였다.

"여인이…… 떠나갔소?"

"내 심장을 꺼내 도망갔다오."

사랑의 열병을 앓았던 모양인데 그러기엔 나이가 적지 않아 보였다.

그것을 제갈기연이 입에 담았다.

"모습을 보아하니 나와 동년배인듯한데······."
"몇 해 전에 불혹(不惑:나이 마흔을 의미)을 넘어섰소."
"그럼 정말 나와 비슷하구려. 그럼에도 사랑의 열병이라니, 부럽구려."
"불혹이라기에 흔들리지 않을 줄 알았더니 온통 휘저어집디다. 그래놓고 내 마음을 통째로 들고 도망가 버렸다오."
"미인이었던 모양입니다."
"예뻤소. 그래서 한눈에 반했다는 거 아니오."
"하면 그 여인을 못 잊어 바다로 오신 겝니까?"
"이곳에서 다른 사내와 배를 타고 도망갔다오. 그것도 모르고 찾아 예까지 왔으니······."

씁쓸하게 웃는 사내를 바라보며 제갈기연은 참 속 좋게 살아가는 사람이라 생각했다.

누구는 피 튀기는 전쟁터 속을 걷고 있건만.

그런 생각에 잠겨 있던 제갈기연에게 사내의 물음이 던져졌다.

"처음엔 나와 비슷한 표정이기에 같은 처지인 줄 알았는데 어째 말하는 것을 듣자하니 그건 아닌 모양이오?"
"하던 일에 질려서요. 다시 돌아가자니 끔찍하고, 떠나자니 발이 잘 떨어지지 않는군요."
"어떤 일을 하는지는 모르겠지만 다 부질없는 짓이오.

내가 없으면 안 될 것 같지만 나 없어도 세상은 잘 돌아갑디다."

"경험담이신 듯합니다만."

제갈기연의 물음에 사내가 빙긋이 웃으며 답했다.

"이래 뵈도 내가 천하 삼대 상단의 하나였던 곳에서 회계를 담당했었다오. 정신없이 살았지."

"상단에서 회계면 핵심이군요."

제갈기연의 반응이 제법 마음에 들었던지 사내가 씨익 웃어 보였다.

"그랬소. 상단주도, 그리고 상단의 행수들도 모두 내가 있어 상단이 무사히 굴러간다고 입에 침이 마르지 않게 칭찬했었으니까 말이오."

"하지만 떠났더니 잘 굴러가더란 말이군요."

자신이 할 말을 앞질러 꺼내놓는 제갈기연에게 사내가 고개를 저어 보였다.

"처음에야 혼란스러웠던 것은 같소. 같을 수는 없지. 그래도 어찌어찌 꾸려가더니 종래엔 내가 없어도 그럭저럭 굴러갑디다."

"그러니 내가 떠나도 큰 문제 없을 거란 말씀을 하고 싶은 것이겠군요."

제갈기연의 물음에 사내는 다시금 고개를 저었다.

"떠나지 말란 소리를 하는 거요. 그렇게 떠났더니 내 자리가 사라져 버렸다는 걸 말해 주는 중이니까 말이외다. 그런 상황에서 다시 돌아가기도 우습고, 결국 여인의 꽁무니나 따라다니다 그조차 버림받고 이 모양이 되었으니……."

생각지 못한 사내의 말에 제갈기연이 어이없는 표정으로 그를 바라봤다.

그런 제갈기연의 시선을 느꼈는지 사내가 말을 이었다.

"무위도식. 편할 것 같지만 전혀 그렇지 않소. 하던 일에서 떨려난 느낌만 들 뿐이지. 선생은 나 같은 우를 범하지 마시구려."

그 말을 끝으로 사내가 일어섰다. 그런 그에게 제갈기연이 물었다.

"가시려고요?"

"다른 사내와 눈 맞아 떠났다니 더는 미련을 떠는 것도 우스운 일이 아니겠소."

그 말을 남겨 놓고 휘적휘적 멀어져 가는 사내를 제갈기연이 물끄러미 바라봤다.

하지만 그것도 잠시, 사내가 포구 골목길로 사라지자 제갈기연의 시선이 다시 바다로 돌려졌다.

"떠나면 후회할 것이란 소린데……."

한참을 고심하던 제갈기연이 일어섰다.

그리고 그가 걸음을 옮긴 곳은 뇌주로 가는 배가 정박

하는 곳이었다.
 그렇게 뢰주로 향하는 배를 타는 제갈기연을 확인한 사내가 골목 안으로 얼굴을 넣었다.
 그리고 잠시 후, 누군가가 골목에서 나와 바람처럼 멀어져 갔다.
 그렇게 누군가가 떠난 골목 어귀로 늦은 오후의 햇살이 비춰들었다.
 그 햇살에 좀 전에 제갈기연과 대화를 나누었던 사내가 숨이 끊어진 채 널브러져 있는 것이 보였다.
 문제는 그가 적어도 죽은 지 반나절은 지나 보인다는 점이었다.

* * *

 월검쌍위는 여전히 해남검문을 떠나지 못하고 있었다.
 만사겹황의 방에서 서신 꾸러미를 발견한 이후로 뭍으로 나가 야율한을 찾아갈 생각이었지만 이런저런 일들이 겹치며 발을 빼낼 수 없었던 것이다.
 이게 갑갑했던 것은 월검쌍위만이 아니었다.
 그 상황을 모두 알면서 일부러 놓아두고 있는 만사겹황의 입장에서도 답답하긴 마찬가지였으니까.
 살예진천황, 부교주가 해남검문이 팔미대사, 그리고

제갈기연과 모종의 연관이 있다는 걸 알면 가만히 있지 않을 테니까.

그 와중에 벌어질 명교와 해남검문, 나아가 일백군도와의 싸움을 이용할 생각이었던 것이다.

한데 월검쌍위의 발이 묶이면서 그 일을 벌이지 못해 전전긍긍했던 것이다.

그렇다고 '내가 여기 있다'라고 서신을 보낼 수는 없었다.

그가 본 부교주는 그런 서신에는 움직일 사람이 아니었기 때문이다.

숨어서 무언가 수작질을 부릴 것 같다면 모를까, 바다 건너 해남에 처박혀 있다면 그러려니 할 작자였던 것이다.

그래서 월검쌍위의 움직임이 중요했던 것인데……

더 이상 기다리기 지루해진 만사검황은 새로운 계획이 필요했다.

그것을 위해서는 제갈기연을 찾아야만 했다.

그러기 위해 뭍으로 나갔던 만사검황이 빈손으로 돌아왔다.

하지만 그는 무슨 생각인지 전혀 초조한 기색이 없었다.

마치 조금만 기다리면 제갈기연이 돌아올 것이라 믿는

눈치랄까.
 그런 만사겁황의 모습을 멀리서 확인한 월검쌍위가 바쁜 걸음으로 내원을 향해 움직였다.
 그길로 문주의 거처로 향했던 월검쌍위는 그 앞에서 잠시 서성이다 결국 발길을 돌렸다.
 문주는 만사겁황에게 결정적 하자가 있다는 증거가 없는 한, 절대로 움직이지 않을 생각인 듯했다.
 이전 몇 번의 만남에서 그런 생각을 확인했던 월검쌍위는 자신의 움직임을 알리지 않고 떠나기로 결정했던 것이다.
 물론 아직도 그의 발길을 잡는 일들이 남아 있었다.
 다른 건 몰라도 가족들은 외면하기 힘든 문제였으니까.
 그래도 더는 안 된다고 판단했다.
 그렇게 월검쌍위가 해남검문을 나섰다.
 정작 그를 이용한 계획을 포기한 만사겁황이 제갈기연을 다시 끌어들이기로 결정한 뒤에 벌어진 일이었다.

* * *

 감숙성 변경엔 돈황이란 곳이 있다. 신강에서 시작된 탑리목분지의 끄트머리가 닿은 곳이다.
 끝없는 사막이 마지막을 고하는 곳이라고나 할까.

그 돈황에서 멀지 않은 사막 한복판에 그림 같은 천지(泉地:오아시스)가 존재한다.

사람들이 이 천지에 붙여둔 이름은 월아천.

말 그대로 초승달 같은 형태의 천지엔 밤하늘의 달이 비춰지고 있었다.

제법 운치 있는 월아천에 기대어 지어진 객잔이 어두운 사막의 밤에 한 줄기 불빛이 되고 있었다.

"칵 퉤!"

침을 뱉은 사내가 거칠게 그릇 하나를 던지듯 내려놓았다.

탁.

그 모습을 본 여인이 물었다.

"왜? 오늘도 안 먹는데요?"

"입에 떠먹여 줘도 싫다니 어쩔 수 있나."

"그러다 죽으면요?"

"빌어먹을! 맡겨 둔 놈들이 무서우니 함부로 죽게 둘 수도 없는 노릇이고. 도대체 이 인간들은 왜 안 오는 거야?"

"얼마나 지났죠?"

"약속한 날짜에서 벌써 두 달이 지났어."

"그렇다고 함부로 하지 말아요. 무섭단 말이에요."

겁먹은 표정이 역력한 여인의 말에 사내가 투덜거렸다.

"그렇다고 언제까지나 저 작자들을 돌볼 수는 없어. 요샌 밥도 잘 안 먹고, 저러다 죽을 게 뻔하다고."

"그래서 어쩌자고요?"

"떠나야지."

"객잔은 어쩌고요?"

"마땅한 작자를 찾아서 팔아야지."

"살 사람이 있을까요? 저 치들을 떠맡아야 한다는 걸 알면 선뜻 나설 사람들이 없을 텐데요."

"적당히 얼버무려야지. 아는 사람이 맡겼다는 식으로."

"그러다 문제 생기면요?"

여전히 겁이 잔뜩 난 표정인 여인의 물음에 사내가 퉁명스럽게 답했다.

"그러니 떠나려는 거 아니야! 멀리 떠나서 죽은 듯 살면 지들이 어떻게 찾겠어."

"정말 자신 있어요?"

"떠나는데 무슨 자신?"

"아니요. 객잔을 넘길 적당한 작자를 찾을 자신이요."

여인의 물음에 사내가 바짝 다가앉았다.

"그럼……?"

"좋아요. 당신을 믿고 따라가죠. 해 봐요. 우리."

"좋아. 대신 제값을 받긴 어려울 거야."

"그건 이미 각오했어요."

고개를 끄덕이는 여인을 확인한 사내가 일어섰다.

그런 사내에게 여인이 물었다.

"어딜 가게요?"

"돈황의 기 노인 알지? 그 영감이 이 객잔에 군침을 흘렸었다고. 흥정을 한번 붙여 봐야지."

"그래서 지금 가려고요?"

"아무리 끄트머리라지만 사막이야. 움직이기엔 낮보다는 밤이 나아. 당신도 알겠지만."

"그야 그렇지만……."

"갔다 올 테니까. 기다려."

그 말만 남겨 놓은 사내가 커다란 방립을 쓰고는 객잔을 나서 어두운 밤의 사막으로 걸어 나갔다.

멀어지는 사내를 한참 바라보던 여인이 사내가 던지듯 내려놓은 그릇을 들고 객잔 뒤편의 헛간으로 향했다.

객잔을 넘기기 전까지 자신들이 맡아 두고 있는 이들이 죽지 않아야 했기 때문이다.

그러자면 어떻게 하든 먹여야 했다.

결심을 굳히고 헛간으로 들어선 여인의 시선에 허름한 옷에 봉두난발의 사내 둘이 앉아 있는 것이 보였다.

퀭한 눈엔 의지가 한 올도 남아 있지 않았다. 이미 삶을 포기한 이들의 눈빛이었기 때문이다.

그런 그들에게 다가선 여인이 그릇을 들어 보였다.

"밥을 먹어야죠. 먹어야 살죠."

여인의 말에 비교적 사지육신이 멀쩡한 사내는 고개를 돌려 버렸다.

먹지 않겠다는 표시다.

그나마 양손이 잘려 나갔는지 없는 사내가 물끄러미 앉아 있었다.

그런 그에게 그릇을 들이밀자 시선이 마주쳤다.

"흡!"

아무것도 들어 있지 않은 눈빛엔 차가운 한기가 감돌았다.

그건 살아 있는 사람의 눈빛이 아니었다. 마치 악몽 속에서 마주쳤던 귀신의 눈동자 같았던 것이다.

너무 놀라 그릇까지 떨어트린 채 황급히 헛간에서 나온 여인이 다시 객잔으로 돌아왔다.

그래 놓고서도 안심이 안 되는지 서둘러 객잔의 문을 잠그고, 덧문까지 내리고서야 자리에 털썩 주저앉았다.

"무슨 눈빛이······."

혼잣말을 중얼거리던 여인은 과거를 떠올렸다.

헛간의 사내들을 맡아 두던 바로 그날을.

* * *

그날은 유달리 하늘이 파랗던 날이었다. 그래서인지 남

편이 하늘을 올려다보다 그자를 발견했다.

 처음엔 점이었는데 점점 커지더니 사람이 되었다.

 그것도 두 사람을 옆구리에 낀 채 하늘에서 마치 계단을 타고 내려오는 것처럼 나타난 이였다.

 그 모습에 놀라 굳어 버렸던 남편은 신선이 내려왔는지 알고 이내 바닥에 엎어졌다.

 객잔의 안주인인 여인도 그런 남편의 곁으로 달려가 함께 바닥에 엎어졌다.

 혼자 머물고 있던 객잔 손님은 그릇을 떨어트릴 정도였으니까, 단지 부부만의 문제는 아니었던 셈이다.

 그렇게 바닥에 엎드린 객잔 주인 부부의 귀로 하늘에서 내려온 자의 음성이 들려왔다.

 "부탁을 하자꾸나."

 "하, 하명하소서. 신선님."

 "이 둘을 맡아다오. 내 반드시 찾으러 올 것이니."

 그 말과 함께 부부의 앞에 내려놓은 이들은 처참한 몰골을 하고 있었다.

 무슨 일을 겪었는지 온통 피투성이에 한 명은 양손까지 잘려 있었으니까.

 덜컥 겁이 들었던 남편이 말했다.

 "신선님의 명이시니 따르긴 해야 하오나 이런 이들을 맡고 있다가는 객잔의 안위가······."

철컥.

쇳소리가 묵직하게 울리는 전낭이 두 사람의 코앞에 떨어졌다.

"객잔에 두지 않아도 된다. 헛간에 두고 밥만 챙겨 죽지 않게만 해다오. 반드시 찾으러 올 것이다."

하늘에서 걸어 내려온 사내의 말에 황급히 전낭을 열어 본 남편의 눈이 커졌다.

남편의 반응이 심상치 않자 여인이 슬쩍 들여다본 전낭엔 온통 황금빛이 감돌고 있었다.

'그, 금자다!'

놀란 여인의 귀로 남편의 음성이 들려왔다.

"어, 언제까지 맡아 두어야 합니까?"

"내년 이날 데리러 올 것이다."

일 년이란 짧지 않은 기간이 제시되었지만 남편은 받아들였다. 두 사람을 맡아 두는 대가로는 넘치도록 많은 금자가 전낭에 들어 있었기 때문이다.

"최선을 다할 것입니다."

"부탁하마."

그 말을 남겨 놓은 신선(?)은 다시 걸어 하늘로 올라갔다.

그날부로 월아천의 객잔 헛간에 두 사람이 기거하게 되었다.

그로부터 얼마 지나지 않아 객잔 주인 부부의 남편이

죽었다.

당시 그 장면을 함께 목격했던 손님의 손에 의해서였다.

돈에 눈이 먼 아내가 손님을 이용해 남편을 죽였던 것이다.

그것으로 홀로 차지할 줄 알았던 전낭은 여전히 여인의 손에 들어오지 않았다.

남편을 죽인 객잔 손님이 여주인을 협박해 객잔에 들어앉은 것이다. 마치 죽은 남편처럼.

지난 기억에서 빠져나온 여인의 눈엔 깊은 후회가 감돌았다.

이럴 줄 알았으면 적어도 남편을 살해하도록 부추기지는 않았을 테니까.

그럼에도 불구하고 여인의 눈엔 여전히 욕심이 깊게 담겨 있었다.

'한 번 한 것, 두 번도…….'

언제 후회했나 싶게 여인의 머릿속을 채우는 것은 위험한 계획이었다.

* * *

객잔을 떠났던 사내, 중상은 새벽녘이 되어서야 돈황 저자에 도착했다.

장사치들을 위해 새벽부터 문을 여는 객잔에 들어 추위에 굳은 몸을 녹였다.
　그리고 사람들이 저마다 일터로 향하는 시간이 되어서야 기 노인을 찾았다.
　사람들이 흔히 말하는 기 노인은 정상적인 장사치는 아니다. 하긴 장물을 취급하는 사람이 정상적일리 없었으니까.
　"응! 중상이 아닌가? 돈 벌어 보겠노라고 돈황을 떠나 사막으로 들어갔다는 소리를 들었던 것 같은데."
　"그래서 이렇게 돈이 될 걸 물어왔잖소."
　"어찌 말투나 눈빛이 한 건 한 모양이로군."
　기 노인의 물음에 중상이 답했다.
　"당연히. 언젠가 월아각을 탐냈었다고 들었소만."
　"월아각이면 월아천에 있는 객잔?"
　"맞소. 어찌, 살 의향이 있소?"
　돈황에서 떠나 가장 먼저 만나는 천지가 월하천이다. 반대로 사막에서 돈황으로 들어오기 전에 마지막으로 마주하는 천지였고.
　돈황을 출발하는 이들은 아니었지만 돈황으로 들어오는 이들에겐 제법 중요한 보급거점이었다.
　말라버린 물을 채우고, 긴 허기를 달랠 제대로 된 음식을 제공하는 곳이었으니까.

하지만…….

"과거의 이야기지. 비단길이 그곳으로 이어졌었으니까. 하지만 지금은 금화장을 제외하고는 누구도 천산을 넘을 수 없네. 월아천을 지나갈 이유가 별로 없다는 소리지."

"그럼……?"

"살 생각이 없다는 소릴세."

단호한 기 노인의 답에 중상의 표정에 낙담이 내려앉았다.

"저, 정말 없는 거요? 내가 싸게 주리다."

"일 없네. 그나저나 자네가 월아각을 팔러 왔으면 주인 부부는……."

뒷말을 흐리는 기 노인의 손이 목을 긋고 지나갔.

그 의미를 알아차린 중상이 의미심장하게 웃으며 답했다.

"남자는……."

"호오. 여자는 살아 있다? 들어앉힌 젠가? 아니, 이번 경우엔 자네가 들어앉았다는 게 맞겠군."

음흉하게 웃어 보이는 기 노인에게 중상이 미련 가득한 음성으로 다시 물었다.

"정말 살 생각이 없는 거요?"

"없어. 들어가는 돈에 비해 나올 이익이 턱없이 낮을 테니까."

틀린 생각이란 말은 차마 할 수 없었다. 중상이 들어앉은 이래, 손님이라고는 열흘에 다섯 손가락에 꼽을 정도로 장사가 되지 않고 있었으니까.

그 탓에 잔뜩 가라앉은 중상의 표정을 힐긋 일별한 기 노인이 넌지시 물었다.

"나야 아니지만 마땅한 작자는 있을지도 모르지."

아무것도 없는 상태에서 저런 말을 할 사람이 아니라는 것을 알기에 중상이 바짝 다가섰다.

"살 만한 사람이 있는 거요?"

"한 군데 있지. 인적 드문 곳에 사람이 살 만한 땅을 원하는 이들이."

"딱 제격이 아니오. 흥정 붙여 주시오. 내 거간비는 넉넉히 주리다."

중상의 말에 기 노인의 입가로 미소가 스쳐 지나갔다.

"좋아. 한번 노력해 봄세."

그 말을 던져 놓은 기 노인이 일꾼 하나를 불러 무언가를 지시해 밖으로 보냈다.

아마도 월아각을 살 만한 이를 부른 모양이었다.

기 노인이 내어 준 찻잔을 붙잡은 중상의 표정이 기대로 가득했다.

도담은 감숙 북부, 특히 돈황과 그 일대를 담당하는 포령이다.

포령은 명교 호교부에 얼마 전에 새로 생긴 직책으로, 교령을 보좌해 지역 교도들을 챙기는 일종의 종교인이다.

수련 교령이라고나 할까?

호교부에 정식 교령 교육기관이 있지만 그곳을 통하지 않고 교령으로 나아가는 새로운 길이 생긴 셈이었다.

교육기관에서 배우지 않는 대신 포령들은 자신들의 상관이기도 한 교령에게 훈육을 받는다.

일정 이상의 기간을 포령으로 봉직하고, 교령의 추천을 받으면 호교존자의 앞에서 교령으로 임명될 수 있는 수양을 갖춘 자인지 검사를 받을 수 있었다.

그 모든 과정을 통과하면 교령으로 임명되어 진짜 명교의 지역 교구를 이끌 수 있게 되는 것이다.

이제 막 시작한 일이라 호교부에서도 관심을 갖고 지켜보는 중이었다.

당연히 포령에 임명된 이들의 의욕도 가장 높을 때였다.

아직 좌절할 만큼 오랜 시간 포령으로 지내지 않았기 때문이다.

그래서인지 도담도 꽤나 열정적인 포령 중 한 명이었다.

그런 그에게 기 노인의 일꾼이 달려왔다.

"주인어른께서 좋은 물건이 있으니 한번 오시랍니다."

일꾼의 전갈에 도담은 두말없이 길을 나섰다.

명교의 특성 때문인지 마도인, 또는 사파인, 심지어 뒷골목 파락호들조차 차별하지 않았다.

 그렇다 보니 장물을 취급하는 이와 거래하는 것도 크게 개의치 않았다.

 악을 선으로 쓰면 그보다 좋은 것이 없다는 호교존자의 말에 온전히 동의하는 것은 아니었지만 실용적이라는 것엔 전적으로 동의했으니까.

 특히 지금처럼 자금은 쪼들리는데, 갈 곳 없는 수십의 교인들이 머물 곳을 찾아야 할 때는 특히나 더.

 그래서인지 기 노인을 찾는 도담의 발길이 바빴다.

* * *

 기 노인의 소개로 알게 된 중상이란 자와 함께 찾아온 월아각은 자신들이 원한 조건과 딱 맞아떨어지는 곳이었다.

 명교의 본성이 있는 신강과도 맞닿아 있다는 답리목분지가 연결되어 있는 것도 마음에 들었고.

"우리가 가진 돈은 은자 스무 냥입니다."

"은자 스무 냥이면 너무 싼데."

"곡물 한 포대를 추가로 얹어드릴 수는 있지만 그것이 최대치입니다. 더는 먹고 죽을 것도 없으니까요."

도담의 말에 중산이 고심하는 표정을 지어 보였다.

"은자 스무 냥에 곡물 한 포대라…… 믿지는 거래이긴 한데 우리도 하자가 하나 있으니까."

"하자요?"

"맡아 두고 있는 것이 좀 있소."

"가지고 가시지 않을 생각이시군요."

"그렇소. 찾으러 오는 사람이 이곳으로 올 테니까. 에이, 아니야. 그래도 은자 스무 냥은 너무 적어서 없던……."

"저희가 잘 보관했다가 찾으러 오시는 분에게 잘 전달해 드리겠습니다. 그러니 파시죠."

"아, 이거……."

주저하는 중상의 모습에 도담은 애가 달았다.

당장 오늘내일 거처를 옮기지 않으면 모레부터는 길바닥에 나앉아야 했다.

빌린 집의 주인이 너무 많은 사람이 머문다며 나가 달라고 통보했기 때문이다.

하긴 방 세 개에 부엌 하나, 그리고 뒷간 하나 딸린 초가를 서른이 넘는 사람들이 깔고 앉아 있었으니까.

그렇기에 월아각을 놓치고 싶지 않았던 도담이 적극적으로 매달린 것이다.

그렇게 팔아 달라 사정하는 도담에게 중산이 마지못한 듯 고개를 끄덕였다.

두려움의 갈등 〈103〉

"그럽시다. 이리 절박해 하니 팔겠소."

그 말과 함께 내민 손바닥 위로 도담이 전낭을 올려놨다. 돈황 교구의 전 재산이나 마찬가지인 돈이었다.

그걸 건네며 도담이 물었다.

"곡물은……?"

"기 노인에게 전해 주시구려. 어차피 현금화를 하자면 기 노인을 통하는 수밖에 없으니까."

"미곡상을 찾으시면 훨씬 비싼 값에 팔 수 있을 텐데요."

의아해하는 도담에게 중산이 답했다.

"자신이 소개한 거래에서 얻은 물품을 다른 이를 통해 파는 걸 알면 기 노인이 가만있지 않을 거요. 그로 인한 소란보다는 조금 덜 먹는 게 낫소."

"그렇군요. 알겠습니다. 기 노인에게 전달해 두겠습니다."

도담의 말에 중산이 한 걸음 뒤에 서 있던 객잔 안주인을 곁으로 불렀다.

"객잔 문서를 내어 줘."

자신의 말에도 움직이지 않는 객잔 여주인의 모습에 낮게 혀를 찬 중산이 들고 있던 전낭을 건넸다.

그제야 여인이 품에서 객잔 문서를 꺼내 도담에게 건넸다.

비로소 객잔의 소유권을 확보하게 된 도담의 표정이 밝아졌다.

객잔 주인 부부가 정리할 시간을 줄 겸, 교구 사람들을 데리고 올 겸 도담은 객잔 문서를 품에 안고 다시 돈황으로 돌아갔다.

걱정으로 물들어 있던 돈황 교구 사람들에게 기쁜 소식을 전한 도담은 사람들을 챙겨 서둘러 월아천으로 향했다.

누구의 눈치도 보지 않고, 자신들끼리 모여 신께 기도 드리며 살 수 있게 되었다 생각했기에 걸음도 가벼웠다.

그렇게 도착한 월아천에선 객잔 주인 부부가 떠날 준비를 갖춰 두고 그들을 기다리고 있었다.

"이 많은 사람과 함께 묶을 생각이오?"

"수가 조금 많죠?"

"뭐 방은 꽤 되니까 어찌어찌 수용은 되겠소만……."

별로 신경 쓰고 싶지 않다는 투인 중산의 말투에도 도담은 웃음이 가득한 얼굴로 고개를 끄덕였다.

"네, 그래서 더 좋았습니다. 방이 많았으니까요."

"그럼 잘 지내시구려. 맡아 줄 것은 헛간에 있으니 관리 잘해 주시고."

"예. 예. 여부가 있겠습니까? 맡겨 주세요."

도담의 말에 고개를 끄덕여 보인 중산과 객잔 여주인은 급히 떠났다.

마치 도담이 그들을 붙잡기라도 할까 두려운 듯이.

그런 두 사람을 바라보며 도담이 중얼거렸다.

"어지간히도 이곳을 떠나고 싶었던 모양이네. 저리 급히 가는 걸 보니."

이해는 한다.

사람 모습을 구경하기 힘들어진 곳이었으니까.

물론 그것이 자신들에게는 더 좋은 환경이었지만.

"자, 각자 원하는 방을 찾아 짐을 풀어 봅시다."

도담의 말에 모여 있던 이들이 '와'하는 함성과 함께 객잔으로 쏟아져 들어갔다.

도담도 그런 이들과 함께 객잔으로 들어갔다. 원하는 바가 같은 이들 사이에서 중재를 서야 할 수도 있었기 때문이다.

아니나 다를까, 조금 큰 방, 창이 밖으로 뚫린 방, 등등을 두고 다투는 이들을 중재하여 적당히 방들을 배분한 도담이 아낙들을 시켜 객잔에 남아 있는 식재료로 음식을 만들게 하고는 헛간으로 향했다.

맡아 두고 있다는 물건들을 확인하기 위해서였다.

그렇게 헛간으로 들어갔던 도담이 부리나케 튀어나왔다.

그리고 그가 찾은 것은 청해에 머물고 있는 호교존자에게 가는 전서구였다.

＊　＊　＊

 드넓게 펼쳐진 산야를 바라보는 암중인의 뒤로 맹성이 모습을 드러냈다.
 "주군. 월아천으로 명교의 교도가 접근했습니다."
 "그리되었군."
 "어찌할까요?"
 맹성의 물음에 암중인의 뇌리로 그 둘을 데리고 나오던 때가 떠올랐다.
 그냥 둘 수가 없었다.
 포달랍궁이 앞장선 서장의 전면적인 침공에 노출된 명교에 때마침 주력이 빠져 있었기 때문이다.
 마도십팔문에서 벌어진 소란을 잠재우기 위해 교주와 부교주가 모두, 명교의 주력을 이끌고 외부로 나가 있던 시점이었으니까.
 그래서 망설이다 달려갔었다.
 망설임이 길었던지 암중인이 도착한 명교의 본성은 이미 수많은 이가 죽임을 당했고, 성은 무너지기 일보 직전이었다.
 막 암중인이 개입하려던 그때, 그가 돌아왔다.
 자신이 아는 부교주보다 훨씬 강력한 모습의 그가.

가슴이 떨리고, 눈물이 글썽일 정도로 위맹한 모습이었다. 그 앞에 나설 수가 없었다.

그렇게 망설이며 돌아서다 발견했던 것이 바로 퇴각하는 서장 무인들 속에 포로로 잡혀 있던 현마와 빙천도왕이었다.

빙천도왕은 몰라도 현마는 그렇게 끌려가게 둘 수는 없었다. 적어도 그 정도의 인연은 있던 사람이었으니까.

그것이 서장 무인들 속으로 스며들어 둘을 빼낸 이유였다.

문제는 그렇게 빼낸 이들이 정상이 아니었다는 점이었다.

그런 이들을 데리고 자신의 거처로 돌아갈 수는 없었다. 자신을 따르는 이들에게 잘못된 신호를 줄 수도 있었으니까.

그렇기에 월아천, 사람들의 발길이 잘 닿지 않는 곳에 두었다.

나중에 자신의 모습으로 돌아갈 때 써먹길 바라면서.

물론 그 시간이 점점 뒤로 밀려가고 있었지만.

과거의 회상에서 빠져나온 암중인이 무거운 음성으로 말했다.

"그냥 두어라. 그렇게 다시 돌아가는 것도 나쁘지 않을 테니."

"하오나 달리 쓰실 곳이 있어 그리 두었던 것이 아니었습니까?"

"그렇긴 했다만 그도 나쁘지 않은 듯하구나."

주군의 음성에서 이전에는 느끼지 못했던 무기력감을 감지한 맹성이 조심스럽게 물었다.

"무슨 일이 있으십니까?"

"네가 그런 물음을 할 정도로 내가 흔들리고 있다는 뜻이겠지."

"소, 송구하옵니다. 주군."

고개를 조아리는 맹성을 향해 돌아선 암중인이 푸근히 웃었다.

"내 잘못을 네가 사과할 이유는 없다. 그저 요사이 기다리는 것이 더 힘들어졌을 뿐이니까."

"이전처럼 동이의 산삼을 구해 보리까?"

"되었다. 기력이 없어서 생기는 일이 아니니."

"주군……."

걱정스럽게 부르는 맹성을 향해 다시 한번 작게 미소 지은 암중인이 물었다.

"그나저나 잔수는 아직이더냐?"

"송구합니다."

맹성의 사과에 암중인이 고개를 저었다.

"잔수의 잘못이 아니다. 전에 네가 말했듯이 그가 숨고자 하면 찾기 어려운 것은 사실이니까. 그저 아쉬워 묻는 것이다."

"어찌나 꽁꽁 숨었는지 전혀 감을 못 잡는 모양입니다."

"그렇겠지. 그가 작정하고 숨었다면 그게 정상이지. 이젠 잔수를 불러들여라."

"포기하기엔 아직……."

"시일이 많이 지났다. 그의 상처가 거의 나았을 것이다. 괜히 우리가 쫓고 있다는 것을 드러내 문제를 만들 필요는 없다."

"알겠습니다. 곧바로 귀환하라 전하겠습니다."

"그래. 그리고 조만간 구채구로 가 볼까 한다."

암중인의 말에 맹성의 표정이 굳었다.

"소, 송구합니다. 속하가 미처 챙기지 못하였습니다."

"네가 신경 쓸 일은 아니다. 그저 내가 갑자기 사라지면 소란스러울까 싶어 언질을 주는 것일 뿐이니."

"오래 계실 것이옵니까?"

"글쎄다. 이전처럼 보름 정도면 되겠지."

"알겠습니다. 그리 알고 기다리겠나이다."

맹성의 답에 다시 창가로 돌아선 암중인은 그저 묵묵히 고개를 끄덕여 보였을 뿐이다.

그런 주군의 뒷모습을 잠시 바라보던 맹성의 모습이 흐려지더니 사라졌다.

주군의 사색을 더는 방해하지 않기 위해서였다.
그렇게 홀로 남은 암중인의 작은 어깨가 무거워 보였다.

* * *

호교존자의 전서구가 도달한 명교에서 야율한이 튀어나갔다.
환호성을 지르며 달려온 철마에 의해 뒤늦게 전서구의 내용을 전달받은 교주마저 기쁜 표정을 감추지 못했다.
전서구에 실린 내용은 그런 반응들이 나올 수밖에 없는 것이었다.
〈감숙의 월아천에서 현마와 빙천도왕으로 짐작되는 이를 발견하였다는 보고가 올라왔습니다.〉
"제가 따라가고자 합니다. 허락해 주십시오. 교주님."
철마의 청에 교주의 고개가 저어졌다.
"한이가 갔잖아. 부교주의 이동속도라면 철마도 차이가 많이 날 거다. 아마 네가 도착할 때면 그들을 데리고 부교주가 돌아왔을걸. 그러니 따라갈 생각 말고 독마나 불러들여."
"독마를요?"
"그래. 현마가 마지막으로 목격되었을 당시 큰 상처를 입었었다니 도움이 될 거다."

그제야 현마의 양손이 잘려 나갔었다는 것을 떠올린 철마가 굳어진 얼굴로 황급히 움직였다.

독마에게 소식을 전해 준비를 갖추려는 것이다.

인사도 없이 떠나는 철마의 움직임은 예에 어긋나는 것이었지만 교주는 아무 말도 하지 않았다.

살아남은 오마들도 그간 야율한만큼이나 마음고생을 하고 있었다는 것을 알기 때문이다.

그런 교주를 혈검대주가 부드러운 시선으로 바라보고 있었다.

아마 교주는 모를 것이다.

이전이었다면 철마는 잡혀와 치도곤을 치렀을 것이다. 과거의 교주는 저런 일에 관용을 베푸는 사람이 아니었으니까.

그렇게 변한 교주의 모습이 나빠 보이지 않았다.

수하를 이해하는 상관은 제법 멋진 구석이 있었으니까.

'아무래도 나도 좀 돌아봐야겠어.'

교주의 모습으로 인해 혈검대의 수하들을 대하는 자신의 모습을 돌아보게 되는 혈검대주였다.

* * *

반각.

야율한이 명교를 박차고 나오고 나서 흐른 시간이다.

 그 짧은 시간 만에 야율한은 감숙의 월아천에 모습을 드러냈다.

 누가 보았다면 거짓말이라고 했을 일을 실현해 보인 일이었지만 야율한의 정신은 그런 것에 있지 않았다.

 황급히 다가간 월아각에서 그를 맞이한 것은 둔황 일대를 담당하는 포령, 도담이었다.

 "부, 부, 부교주님!"

 교도들에게 있어, 교주가 하늘이라면 부교주는 그들을 품어 주는 대지였다.

 명교가 지금과 같은 포교방식을 택하고, 교도들을 중히 여기기 시작한 것이 부교주로부터 비롯되었다는 것을 모르는 교도들은 없었으니까.

 호교존자가 집도하는 집회 때마다 부교주를 칭송하는 말을 잊지 않았고, 그 영향인지 각 지역의 포교를 담당하는 교령들도 매 집회마다 부교주를 칭송하는 말을 반드시 입에 담았기 때문이다.

 더구나 교주의 얼굴은 몰라도 부교주의 얼굴을 모를 수는 없었다.

 강호에 파다하게 퍼진 부교주의 용모파기는 어느새 민간에도 널리 퍼졌기 때문이다.

 재미있는 것은 민간에는 부교주의 용모파기를 지니면

강호인들로부터 험한 일을 당하지 않는다는 믿음이 퍼져 있었다는 점이다.

실제로 산적들에게 걸려 곤욕을 치르던 상인들이 부교주의 용모파기를 지니고 있었다는 이유만으로 무사히 풀려나면서 그런 경향이 깊어졌다.

물론 재물들은 빼앗겼지만 목숨은 물론, 상처 하나 없이 무사했던 것이다.

하긴 부교주의 용모파기를 지니고 있는 이들에게 살수를 쓰기엔 산적들도 찜찜했을 테니까.

그런 소문들이 겹치더니 요샌 호환과 마마도 물리친다는 소문이 더해지는 중이었다.

그것이 단 한 차례도 마주한 적 없는 부교주를 도담이 단박에 알아본 이유였다.

실제로 자신이 관리하는 신도 중에도 부교주의 용모파기를 지닌 이들이 적지 않았기 때문이다.

물론 야율한의 입장은 조금 다른 것이었지만.

자신을 알아보는 이가 누군지 몰랐던 것이다. 그로서는 분명 처음 보는 사람이었으니까.

"누구……?"

"돈황 교구를 맡고 있는 포령 도담이라 하옵니다."

깊숙이 허리를 숙이는 도담의 손을 야율한이 덥석 부여잡았다.

"노고가 많소. 칭찬하고, 교도들을 만나보아야 하겠소만 내 워낙 중한 이야기를 듣고 와서……."
"아! 그분들이라면 이리로 오시지요."
도담이 야율한을 이끌어 안내한 곳은 헛간이 아니라 객잔의 안이었다.
가늘게 흔들리는 눈빛으로 그런 도담을 따라 객잔 안으로 들어선 야율한의 걸음이 멈춰졌다.
그곳에 그들이 있었다.
미친 듯이 찾았던 그들이.
"현마, 빙천도왕……."
물기 어린 야율한의 부름에 사람들 속에 멍하니 앉아 있던 두 사람의 고개가 돌려졌다.
하지만 퀭하니 주저앉은 눈빛에는 아무런 기척도 들어서지 않았다.
그저 삶의 끈을 놓아 버린 이들에게서나 보이던 삭막한 기운만 담겨있을 뿐이었다.
그런 두 사람의 시선은 이내 다시 돌려졌다.
그 모습은 마치 야율한을 알아보지 못하는 듯했다.
당황하는 야율한에게 도담이 재빨리 말을 이었다.
"돈황의 의원을 청해 진맥을 했사온데 내력을 잃은 데다, 기억소실까지 겪는 중이라 하옵니다. 탕약을 처방받아 드시게 하고는 있사온데 차도는 아직……."

도담의 음성이 흩어졌다.

성큼성큼 걸어간 야율한이 현마와 빙천도왕을 부둥켜 안았기 때문이다.

"어찌 이런 모습으로…… 아니, 아닙니다. 되었습니다. 이리 살아 있으면 되는 겁니다. 다른 건 되찾으면 되죠. 네, 되찾게 할 겁니다. 약속합니다. 내가, 내가 반드시……."

기어코 뺨을 타고 흐르는 부교주의 눈물을 본 도담의 눈이 커졌다.

교령들로부터 끊임없이 마음이 넓고, 깊은 분이라 들어왔었지만 세상의 소문이 말하는 부교주는 무서운 사람이었으니까.

한칼에 산을 쪼개고, 바다를 가르는.

오죽하면 별명이 살예진천황일까.

한데 그런 이가 엉망인 채 발견된 수하들의 모습에 눈물을 흘리는 것이다.

그 모습에 도담을 비롯한 객잔 안의 교도들이 꽤나 놀란 표정이었다.

부교주는 떠났다.

마음이 급할 터인데도 부교주는 시간을 들여 월아각에 머무는 교도들을 일일이 위문하고, 아이들과 눈을 맞춰 주며 묻는 것에 답해 준 뒤에 떠났다.

위명 쟁쟁한 강호의 위대한 무인이라기보다는 옆 동네

의 사람 좋은 청년 같았다.

 비록 싸늘하게 굳은 표정과 범처럼 사나운 눈빛을 가졌긴 해도 말 하나, 행동 하나가 어떤 사람인지를 대변해 주고 있었다.

 그래서인지 처음엔 눈치만 보던 아이들이 부교주가 떠날 때는 '형아 잘 가'라며 손을 흔들어 주었을 정도였으니까.

 그렇게 부교주가 떠난 자리엔 묵직한 금자 두 개가 놓여있었다.

 야율한이 가지고 있던 모든 것이었다.

 그조차 남궁희연에게 예쁜 장신구를 하나 사 주려고 한 푼 두 푼 모으던 것이었다.

 가난했던 돈황의 명교 교도들에게는 천금처럼 많은 재물이었다.

 부교주를 향한 칭송이 더 높아지는 계기였다.

* * *

 야율한이 데리고 돌아온 현마와 빙천도왕은 기다리던 독마가 곧바로 창의단으로 옮겼다.

 심도 있는 진맥과 진료를 행하기 위해서였다.

 그렇게 창의단으로 옮겨진 지 반나절 만에 정확한 진단

두려움의 갈등 〈117〉

이 나왔다.

"내력을 완전히 상실한 것도 맞고, 기억소실도 맞습니다. 누군지 제대로 진단을 했습니다. 다만 가져오신 약방문으로는 악화를 늦출 뿐, 치료는 불가했기에 처방을 바꾸었습니다."

독마의 말에 야율한이 말했다.

"처방이야 독마가 알아서 잘하겠지요. 문제는 왜 저리 되었느냐는 것입니다."

"명확하지는 않으나 누군가가 손을 쓴 듯합니다."

"손을 썼다니요?"

"우리 쪽에 마지막으로 발견되었을 때와 다른 상처들의 흔적이 상당수 발견되었습니다. 아무래도……."

그 부분에서 말을 끊는 독마에게 야율한이 바짝 다가섰다.

서둘러 말해 보라는 의미다.

그런 야율한에게 독마의 설명이 이어졌다.

* * *

"내가 중수법의 흔적이 보입니다. 특이한 것은 흔히 불력(佛力)이라 불리는 기운이 남아 있다는 것입니다."

"불력이라면……?"

"서장의 공격을 받았을 때……."

불문 무공을 연성한 이들에게선 그들이 평소 쌓은 불력이 내공에 묻어난다.

그리고 생각보다 오래, 그 흔적이 남는다.

독마는 현마와 빙천도왕의 내부에서 그 흔적을 찾아냈다고 말하고 있었던 것이다.

그러니 저 두 사람은 서장의 손에 의해 횡액을 당했을 가능성이 높아진다.

아마도 전투 와중 서장의 고수에게 제압당해 끌려갔으리라.

문제는 왜 그런 두 사람이 난데없이 월아천에서 발견되었느냐 하는 부분이었다.

같은 의문이 들었던지 곁에서 함께 설명을 듣던 교주가 배석해 있던 이지원주를 돌아봤다.

"파 봐야 할 것이 하나 더 늘어난 거 같지?"

"예. 속히 알아보겠습니다."

"속도도 중요하겠지만 세세히 놓치지 않는 것이 더 중요하다."

교주의 말에 이지원주의 고개가 조아려졌다.

"예. 명심하여 세심히 살피겠습니다."

"좋아."

교주와 이지원주의 대화가 끝나자 야율한이 다시 독마

에게 물었다.
"회복의 가능성은 있는 겁니까?"
"단전이 너무 많이 상했습니다. 완전히 갈아엎을 요량으로 손을 쓴 듯합니다."
화가 치밀었지만 어쩔 수 없었다. 서로가 죽고 죽이는 전쟁의 와중에 왜 손을 과하게 썼냐고 따질 수는 없는 노릇이었으니까.
"필요한 것이 있다면······."
야율한의 말은 가로저어지는 독마의 고갯짓으로 막혔다.
"지금은 운기요상을 쓸 수 없습니다. 워낙 많이 망가져서······ 일단 약으로 속을 달래고 부서진 단전과 주요 기맥들을 치료하는 것이 시급해 보입니다."
"그 말은······?"
"일단 일반인 정도의 상태로는 회복이 가능할 듯합니다. 단전의 복구 가능성은 그 이후에 판단해 봐야 할 듯합니다."
생각보다 희망적인 이야기였기에 야율한의 표정에 안도의 감정이 담겼다.
그런 야율한을 바라보며 독마가 조심스럽게 말을 이어 나갔다.
"문제는 기억입니다. 기억소실의 경우엔 마땅한 치료

책이 없습니다. 약이나 침으로는 잃어버린 기억을 되돌릴 수 없으니까요."

"그럼 어찌 되는 겁니까?"

"스스로 기억을 되찾길 바라야 합니다. 기록에 의하면 수년, 또는 수십 년 만에 기억을 되찾은 이야기도 있고, 전체가 아니라 일부의 기억만을 되찾은 경우도 있어서……."

"여하간 찾긴 찾는다는 소리가 아닙니까?"

여전히 희망적으로 해석하려 애를 쓰는 야율한에게 독마가 죄스러운 표정으로 답했다.

"아예 돌아오지 않는 경우도 많습니다. 절반 이상은 그냥 그렇게 살았다는 기록이……."

차마 뒷말을 완전히 잇지 못하는 독마의 말에 야율한은 망연자실한 표정이 되었다.

그런 그의 어깨를 교주가 두드려주었다.

"일단 살아 돌아온 것만으로 만족하자. 죽어 들판에 버려진 것보다는 나을 테니까."

"그건 그렇긴 합니다만……."

"시간이 해결해 줄 게다. 네가 저들을 얼마나 기다려 왔는지 안다면 저들도 정신을 차리겠지. 너무 조급해하지 말자."

교주의 말에 야율한의 고개가 마지못해 끄덕여졌.

지금은 달리 무슨 방법이 있는 것도 아니었으니까.

두려움의 갈등 〈121〉

그렇게 현마와 빙천도왕을 독마에게 맡겨 둔 채, 다시 부교주전으로 돌아온 야율한을 문막의 고수가 기다리고 있었다.

"누가 찾아왔다고요?"

"월검쌍위라고, 해남검문에서 왔다고 합니다. 자신의 이름을 알려 드리면 부교주님께서 만나 주실 것이라고 하도 성화를 부리기에……."

기억이 났다.

과거 파랑검존을 찾아 왔던 해남검문의 고수가.

그가 왜 다시 자신을 찾아왔는지는 몰라도 내칠 이유는 없었다.

"들여보내세요."

야율한의 말에 허리를 깊숙이 숙여 보인 문막의 고수가 돌아갔다.

아마도 성문에서 기다리고 있을 월검쌍위란 자와 함께 돌아올 것이다.

야율한의 예상대로였다.

이 각이 지나기 전에 문막의 고수는 월검쌍위란 자와 함께 돌아왔으니까.

그를 완전히 믿지 못하는지 월검쌍위와 함께 부교주전으로 들어선 문막의 고수는 십여 명에 달했다.

제법 실력이 있어 보이는 이들로만 십여 명이란 소리는

호송 대상자인 월검쌍위란 자의 실력이 뛰어나다는 반증이기도 했다.

그래서인지 월검쌍위가 야율한과 마주 앉았음에도 문막의 고수들은 돌아가지 않았다.

그들은 조금이라도 이상한 낌새를 보이면 가차 없이 칼을 뽑아 휘두를 듯 날카로운 눈길로 월검쌍위의 뒤에 죽 늘어섰다.

그런 문막의 고수들에게 야율한이 명했다.

"괜찮으니 돌아가 임무에 복귀하세요."

"하오나 외인을 홀로 두고……."

"나갈 땐 철마를 시켜 보내죠."

철마가 거론되자 문막 고수들의 입이 다물려졌.

자신들 열이 아니라 백이 모여도 철마는 어쩔 수 없다는 걸 알기 때문이다.

"예. 하면 속하들은 물러가겠습니다."

일제히 허리를 접어 보인 문막의 고수들이 물러갔다.

그렇게 두 사람만 남자 야율한이 입을 열었다.

"오랜만이군요."

"예. 오랜만에 뵙습니다. 부교주님."

"반갑긴 합니다만 인사나 나누자고 그 먼 길을 오시지는 않았을 것이고, 무슨 일입니까?"

야율한의 물음에 월검쌍위는 답 대신 품에서 두툼한 서

류 더미 하나를 꺼내놓았다.

"이게 뭡니까?"

"먼저 보시죠. 보신 뒤에 설명드리겠습니다."

월검쌍위의 말에 서류더미를 집어든 야율한은 몇 장을 읽은 후, 이 서류들이 모두 팔미대사와 제갈기연이 주고받은 서신이라는 걸 알 수 있었다.

"이걸 어찌 가지고 있는 겁니까?"

"저희 대태상, 그러니까 강호인들이 만사겁황이라 부르는 이의 거처에서 나온 겁니다."

"만사겁황의 거처라……."

"예. 의아하지 않습니까? 전혀 접점이 없는 두 사람의 서신이 대태상의 방에 있으니 말입니다."

"지금 그쪽의 손에 있듯이 어떤 계기로 손에 들어갔을 수도 있지 않을까요?"

"대태상의 곁에 문사가 하나 있습니다. 제 문사라 불리죠."

그 말로 대번에 상황이 꿰어 맞춰졌다.

태산파에서 활동하던 제갈기연이 바로 제 문사라는 이름으로 불렸었기 때문이다.

"어디 갔나 했더니 그곳에 있었던 모양이군요."

"무슨…… 의미입니까?"

불안한 표정이 역력한 월검쌍위의 물음에 야율한이 답했다.

"아마도 지금 그쪽이 대태상이라 부르는 이는 만사겁황이 아닐 가능성이 높을 겁니다."

"하면……!"

"내게 이것을 가져온 것을 보면 이미 어느 정도 예상하고 있었던 것 같은데 아닙니까?"

야율한의 물음에 놀람을 걷어 들이며 월검쌍위가 답했다.

"그렇긴 했습니다만……."

예상했던 것과 사실로 확인이 되는 것과는 다른 것이었다. 그 충격을 감추지 못하는 월검쌍위에게 야율한이 말했다.

"물론 아직 확실한 것은 아닙니다. 그러니 단정은 짓지 말죠."

야율한의 말에 월검쌍위도 동의했다. 자신도, 부교주도 잘못 짚은 것일 수 있었으니까.

대신 부교주가 예상하는 이를 듣고 싶었다.

"누구라 생각하십니까?"

"사람들에게서 잠시 팔미대사라 불렸던 자일 겁니다."

"팔미대사요? 그는 부교주님의 손에 이미 죽은 이라고 알고 있었습니다만."

"소문은 그렇게 났습니다만 아닙니다. 그는 도주했으니까요."

예상치 못했던 말에 월검쌍위의 표정이 굳어졌다.

그런 그에게 야율한이 물었다.

"누구라고 예상했던 겁니까?"

"제갈기연, 그리고 그 하수인 정도로 예상했었습니다."

"제갈기연은 만사겁황 정도의 무위를 흉내 낼 수 없습니다만."

"요사이 문 내에 강신인들이 판을 칩니다. 그렇게 만들어 낸 강신인 하나를 대태상의 모습으로 변장시키지 말라는 법은 없으니까요."

하긴 죽었던 사람도 다른 이의 몸에서 살아나는 상황이다.

그런 강신인이 변장술을 쓰는 것쯤이야.

자신의 말에 고개를 끄덕이는 야율한에게 월검쌍위가 의미심장한 표정으로 물었다.

"도와주십시오."

"무엇을 말입니까?"

"현재 해남검문은 물론이고, 일백군도가 모두 그자의 손에 놀아나고 있습니다. 그걸 바로잡아야 합니다."

자신의 목표를 위해 세상을 어지럽히던 이였다.

당연히 때려잡아야 하는 것이 맞겠지만 요사이 머릿속이 복잡했다.

뭐랄까, 그런 이들도 나름의 이유가 있다는 생각이 든달까?

그들은 그들의 목적과 이유가 있어 움직였다는 생각이 불쑥불쑥 들었던 것이다.

야율한 자신이 자신의 의지와 뜻을 관철시키기 위해 상대의 피를 보듯이 그들도 그런 거라는…….

솔직히 말하면 말도 안 되는 이야기였지만 자꾸 그 두 가지가 머릿속에서 동일시되는 경향이 생겼다.

비슷한 상황을 교주도 함께 겪고 있었다.

교주의 말에 의하면 발전, 그러니까 깨달음 직전에 겪는 의식의 확장 같다고 했다.

하긴 비슷한 경우를 야율한도 겪어 봤었다.

타인의 몸에서 깨어났던 그때 말이다.

그런 상황에서는 외부로 움직이는 것이 좋은 선택은 아니었다.

의식의 확장이 모두 마무리 되어 어떻게든 자신의 것이 되기 전에는 말이다.

실제로 현마와 빙천도왕을 데리러 월아천을 다녀온 이후 가닥을 잡아가던 깨달음의 끝은 오히려 어지럽혀져 흩어졌으니까.

그렇기에 지금은 움직일 수 없었다.

깨달음이 더 중요해서가 아니다.

〈조심해. 심마는 그렇게 완벽하지 않은 정신의 틈을 노린다. 괜히 잘나가던 놈들이 하루아침에 살귀가 되는 게

아니란 소리야.〉

교주의 걱정 어린 경고 때문이다.

다른 이도 아니고 자신이 살귀가 된다면…….

과연 누가 막아 낼 수 있기나 할까? 두려웠던 것이다.

그것이 월검쌍위의 청을 선뜻 받아들일 수 없는 이유였다.

"지금은 어렵습니다."

"그럼 얼마나 기다리면 되겠습니까?"

간절한 표정인 월검쌍위의 물음에 야율한은 선뜻 답해 줄 수 없었다.

꼬리만 살랑거리는 깨달음의 끝을 잡아 언제 자신의 것으로 만들 수 있을지 알 수 없었기 때문이다.

그 탓에 선뜻 답을 하지 못하던 야율한이 불안한 표정인 월검쌍위에게 물었다.

"그냥 두고 보심은 어떻겠습니까?"

"왜요!"

"그들의 칼은 해남검문이 아니라 외부로 향해 있을 테니까요. 내가 있고, 백도가 다시 힘을 모으고 있어요. 사파도 안정을 되찾았죠."

"설마 그냥 그렇게 주저앉을 거라 생각하시는 겁니까?"

"끝까지는 아니겠지만 당분간은 그럴 수밖에 없지 않을까 생각됩니다만."

"그러다 실기할 수도 있습니다. 호미로 막을 것을 가래로도 못 막는 경우가 생길 수도 있단 소립니다."

"무엇인가가 있군요. 뭡니까? 그렇게 걱정하는 것이?"

야율한의 물음에 잠시 망설이던 월검쌍위가 힘겹게 답을 했다.

"다시 강신인을 만들기 시작했습니다."

"이미 있는 강신인의 숫자가 늘어나는 것은 큰 위험은 아닙니다."

사실이었다.

야율한에게 있어 강신인은 숫자의 우위라는 것이 아무런 소용도 없었기 때문이다.

물론 강신인이면서도 자신에게 종속되지 않는 이들도 있다는 걸 경험하긴 했다.

하지만 그들조차 처리하는데 애를 먹진 않았다.

종속되지 않는다뿐이지 적안이나 청안 앞에서는 그들도 제 능력을 모두 뿜어내지 못하기 때문이다.

하지만…….

"부교주님의 능력이라면 그리 말할 수도 있겠습니다만 그렇게 강신인이 되는 이들의 입장은 아닙니다."

하긴 타인의 혼에게 육신을 빼앗기는 일이었으니까.

"안타깝긴 합니다만 그들을 위해 내가 나설 수 없는 상황이……."

"그들 하나를 만들기 위해 죄 없는 일백군도의 민초들 수십이 죽임을 당합니다. 그들의 목숨을 지켜주십시오. 부탁합니다."

생각지 못한 월검쌍위의 말에 야율한의 표정이 굳었다.

그런 일이 벌어지고 있다면 그저 두고 볼 수만은 없었기 때문이다.

문제는 그 와중에 벌어질 수 있는 일이다.

다른 이도 아니고 팔미대사와의 싸움이라면 야율한도 전력을 다해야 했다.

그 와중에 자신에게 문제가 생긴다면……?

다른 때 같았다면 대번에 움직였을 사안이었지만 그 위험성이 야율한에게 선뜻 결정을 내리지 못하게 만들고 있었다.

53장
피로 물든 참경

피로 물든 참경

월검쌍위를 만난 야율한이 망설이고 있었다면, 돌아온 제갈기연을 마주한 팔미대사, 아니 만사겁황은 뜬금없는 질문을 받고 있었다.

"왜 이러는 거냐고?"

"그렇소. 지금 벌이는 일들이 무엇을 위한 것이오?"

제갈기연의 물음에 만사겁황이 답했다.

"그걸 몰라서 물어? 무림을 일통하려는 거 아냐."

"그렇게 하나로 통일해서 무엇을 할 요량인가를 묻는 것이오."

"그야……."

여기서 말문이 막혔다.

만사겁황의 뜻은 무림의 멸망에 있었으니까.

무림인들이 아비규환에 빠져 모조리 죽어 가는 것.

그 상황에서 발생되는 원한, 저주, 그리고 한이 서린 막대한 진기의 분산이 바로 팔미대사가 원하는 것이었다.

그 모든 것이 자신의 본체가 있는 세상에서 그의 힘이 되는 것이었으니까.

하지만 그걸 곧이곧대로 말할 수는 없었다.

기껏 차지한 무림을 망가트리고, 모든 무림인을 죽이기 위해 이 일을 하고 있다고 말한다면 절대로 협조하지 않을 테니까.

그러니…….

"……멋있잖아."

잠시의 망설임 끝에 나온 만사겁황의 답에 제갈기연이 고개를 가로저었다.

"난 당신의 본 모습을 조금은 알고 있소. 그러니 솔직히 말해 주시오. 아니라면 난 더는 아무것도 하지 않을 거요."

"도대체 이제 와서 왜 이러는 건데? 너도 강호 일통하고 싶어 했잖아."

만사겁황의 물음에 제갈기연이 답했다.

"불쑥 그런 생각이 들더구려. 내가 지금 무얼 하고 있나? 강호일통? 그거 해서 무얼 할까?"

"뭔 놈의 개똥같은 소리야? 그럼 여태 헛짓거릴 하고 있었단 뜻이야?"

"목적을 상실했다는 소리요. 본래 나는 제갈세가가 지배하는 백도 천하를 꿈꿨던 것이니까."

"그럼 그걸 만들면 되지."

만사접황의 말에 제갈기연이 피식 웃었다.

"난 제갈세가에서 쫓겨났소. 거기다 이젠 제갈세가가 사파의 길을 걷고 있소. 뿐이오? 내가 돕고 있는 그대도 지금은 사파로 취급되는 해남검문의 대태상이 되어 무림일통을 추구하오. 이런 상황에서 내 꿈이 이루어지겠소?"

"그거야 뭐……."

뒷말을 제대로 잇지 못하는 만사접황에게 제갈기연이 다시 물었다.

"그러니 내겐 이제 당신의 뜻이 중요하게 되었소. 무얼 위해 무림을 일통하고자 하는 거요? 솔직하게 말해 주시오."

자신에게 묻고 있는 제갈기연의 눈을 만사접황이 지그시 바라봤다.

흔들리지 않고, 어떠한 뜻도 들어 있지 않은 눈빛이었다.

그런 제갈기연의 눈빛에 결국 만사접황이 자신의 속내를 드러냈다.

"죽음, 저주, 그리고 멸망."

만사겁황의 답에 제갈기연은 별로 충격 받은 표정도 아니었다. 마치 모든 가치를 잃은 듯 공허한 눈빛으로 무덤덤하게 제갈기연이 물었다.

"무림의 멸망을 원한다는 소리요?"

"그래."

답을 하며 만사겁황은 이제 제갈기연을 이용하는 것은 틀렸다고 판단했다.

하긴 뭐, 이 세상으로 불려 나왔을 때부터 누군가의 도움을 받아서 그 일을 할 생각은 아니었으니까.

미련을 버리자 오히려 마음이 편안해졌다.

아쉬운 건 제법 머리가 잘 돌아가는 제갈기연을 더는 부릴 수 없다는 것이었지만 그거야 뭐, 몸으로 때우면…….

"좋군. 멸망이라…… 좋소. 다 죽여서 아예 다시는 살아나지 못하게 만들어 봅시다."

제갈기연의 말에 만사겁황의 눈이 커졌다.

대체로 사람들은 누군가의 죽음은 원해도 판을 완전히 깨는 건 바라지 않는다.

그 판에 자신도 서 있기 때문이다.

한데…….

"너……?"

"날 버린 세상을 이젠 내가 버리는 것이니까 나쁠 것도 없겠소. 그럼 이제 판을 바꿔 봅시다."

"판을 바꾸자고?"

만사겁황의 물음에 제갈기연은 답 대신 미소를 그려 보였다.

만사겁황조차 섬뜩함이 느껴지는 미소였다.

그것에 놀란 눈을 뜨는 만사겁황에게 제갈기연의 설명이 길게, 아주 길게 이어지고 있었다.

* * *

귀환하라는 명이 담긴 전서를 받은 잔수가 막 돌아가려던 순간, 그간 그렇게 애타게 찾던 이 형이 모습을 드러냈다.

그것에 자신도 모르게 놀란 눈이 된 잔수에게 이 형이 물었다.

"반가운 표정은 아니군. 날 애타게 찾기에 내가 필요한 줄 알았더니 그건 아닌 모양이고."

"그, 그건……."

뒷말을 흐리며 잔수가 눈매를 찌푸렸다.

아무 말도 하지 않은 것만도 못하게 되었다는 것을 직감했기 때문이다.

그런 그에게 한 발 더 가까이 다가서며 이 형이 물었다.

"그대의 주인이 날 걱정할 사람은 아니고, 날 급히 필요로 한 것도 아니라면 왜 찾은 것일까?"

뒤로 갈수록 가늘어지는 이 형의 눈매에 잔수의 목덜미가 서늘해짐을 느꼈다.

가늘게 빛나는 이 형의 눈빛에서 짙은 의심을 보았기 때문이다.

여기서 한 발만 삐끗하면 잔수는 살아서 돌아가지 못한다.

그의 주인조차 제압하지 못한 자가 바로 이 형이란 자였기 때문이다.

따라서 여기서 무어라 말해도 위험했다.

그러니…….

"주군께 직접 들으시오."

"자리를 피해 위기를 모면하겠다? 뭐, 그것도 나쁘지 않겠지. 하지만 말이야. 난 덫이 놓여있을 범굴로 걸어 들어갈 정도로 모자라지는 않아."

이형의 답에서 일이 틀어졌다는 걸 직감했다. 음성 곳곳에서 적대감이 강하게 느껴졌기 때문이다.

그걸 느끼자마자 잔수의 신형이 눈부시도록 빠르게 움직여졌다.

칼을 뽑아 들며 전광석화처럼 물러난 것이다.

무기를 뽑았다고 이 형과 맞서 싸우자는 뜻은 아니었

다. 주군조차 제압하지 못했다는 이 형과 정면 대결할 정도로 무모하지는 않았으니까.

그럼에도 칼을 뽑아 들었던 것은 도주하는 순간, 이 형의 공격이 들이닥칠 것을 걱정한 까닭이었다.

그렇기에 잔수가 기울인 거의 모든 노력은 도주에 쏠려 있었다.

하지만…….

세상이 기우뚱해졌다.

몸이 달려가는 방향과 다른 방향으로 세상이 움직인 것이다.

이런 일이 벌어질 상황은 하나뿐이었다.

그걸 잔수도 알아차렸다.

"빌어먹…….”

음성이 완성되기 전에 잔수의 목이 굴러떨어졌다.

잔수의 신형이 얼마나 빠르게 움직여지고 있었는지 머리가 날아간 그의 몸은 수십 장을 더 달려 나가서야 쓰러졌다.

상대가 죽어 버렸으니 떠나가야 했지만 이 형은 무슨 생각이었던지 천천히 걸어가 잔수의 몸이 쓰러진 곳에 도착해 가만히 내려다보았다.

그렇게 지켜보길 얼마, 머리가 없는 잔수의 몸에서 느닷없이 불길이 일었다.

놀라 돌아본 이 형의 시선엔 잔수의 머리도 불타오르는 것이 보였다.

급격하게 오른 불은 무섭게 타올랐지만 그 시간은 순식간에 끝이 나버렸다.

그리고 불길이 사라진 자리엔 아무것도 남아 있지 않았다.

세상의 모든 불보다 강렬하다는 삼매진화도 이 정도로 빠르게 사람을 완전히 태워 없애진 못한다.

그러니 일반적이지 않았다.

그렇게 불길이 사라진 후 아무것도 남아 있지 않은 자리를 바라보던 이 형의 시선이 근처의 숲으로 돌려졌다.

물론 이 형의 시선은 그 숲이 아닌 그 너머로 향하고 있었던 것이지만.

그렇게 숲 너머에서 느껴진 기감에 이 형의 표정은 신기함으로 물들었다.

"확실히 이 동네는 재미있다니까."

그 말의 여운이 끝나기 전에 이 형의 신형이 사라졌다. 물론 그냥 자리를 떠난 것은 아니었다.

자리를 박차고 날아오른 이 형의 눈빛이 그의 감각에 걸려든 숲 너머의 기감을 향해 있었기 때문이다.

사실 잔수는 강신인이다.

잔수의 본체는 이십여 년 전에 죽은 사람이었으니까.

그때도 이미 암중인의 수하였던 그를 주인은 버리지 않았다.

죽어 버린 잔수의 영혼을 불러내어 산사람의 몸에 불어넣은 것이다.

암중인이 처음으로 원하는 자의 혼백을 불러내 강신인으로 만들어 낸 경우였다.

그래서 그랬던지 되살아난 잔수는 온전하지 않았다.

사람의 혼백에 귀물인 구미호의 혼백이 뒤섞여 버렸던 것이다.

서툴렀던 암중인의 실수였는지, 아니면 주변에 있던 구미호의 혼백이 기회를 틈타 세상으로 나오기 위해 벌인 장난질이었는지는 몰라도 그것으로 인해 세상에 깨어난 잔수의 정신은 엉망이었다.

하긴 사람과 귀물의 혼백이 뒤섞였으니 온전하다면 그게 이상한 일일 테니까.

그걸 바로잡는 것에 암중인은 일 년 가까운 시간을 들였다.

그렇다고 강신인으로 되살아난 잔수의 몸에서 구미호의 혼백만을 빼내는 것은 불가능했다.

대신 암중인은 구미호의 영혼을 의식 너머로 잠재우는 것에 성공했다.

비로소 온전해진 정신을 되찾은 잔수는 재미있는 능력

피로 물든 참경 〈141〉

을 얻었다.

 아홉 개의 생명을 얻은 것이다. 거기다 완벽하다 싶을 정도의 은신술도 얻었다.

 구미호의 능력이 그의 몸에 남겨진 덕이었다.

 그런 능력을 얻은 까닭에 잔수는 지난 시간, 숱하게 위험한 임무를 수행하면서도 살아남을 수 있었다.

 대신 그 대가로 그가 바친 목숨의 수는 여섯 개, 이제 남은 것은 세 개였다.

 아니, 방금 전에 이 형에게 당했으니 두 개만 남았다.

 그런 잔수에게 위험이 너무 빠르게 밀어닥쳤다.

 아무것도 없던 허공에서 일어난 불길 속에서 온전한 모습의 잔수가 걸어 나왔다.

 문제는 그렇게 걸어 나온 잔수를 어느새 쫓아온 이 형이 덮쳐왔다는 것이다.

 피하고 자시고 할 틈도 없었다.

 길게 휘둘린 이 형의 검이 잔수의 몸을 두 동강이로 가르고 지나가 버렸기 때문이다.

 자신이 만들어 놓은 참상을 무심하게 지켜보던 이 형의 시선에 다시금 일어나는 불길이 보였다.

 "이것 봐라."

 신기한 듯 바라보는 이 형의 눈빛에 사나움이 깃들었다.

 자신의 노력이 무시당하는 느낌을 받은 것이다.

그래서인지 제법 먼 곳으로 돌려지는 이 형의 눈빛엔 흉폭함이 들어섰다.

그런 눈빛을 담은 채 이 형의 신형이 다시금 허공으로 박차고 날아올랐다.

직전보다 훌쩍 멀어진 잔수의 흔적을 쫓아 달려간 것이다.

이번에도 아무것도 없는 허공에서 불길이 일었다.

그리고 직전과 마찬가지로 그 불길 속에서 잔수가 걸어 나왔다.

그가 선택할 수 있는 최대치의 거리를 두고 되살아난 것이다.

문제는 그 거리가 이 형의 감각과 속도를 완전히 떨쳐 버릴 수 있을 정도로 충분치 않다는 점이었다.

아니나 다를까 이 형의 기운이 급속도로 다가왔다.

도주는 불가.

속도로는 이 형을 절대로 따돌릴 수 없을 테니까.

거의 완벽하다는 은신술도 무소용이다.

이 형이란 자의 감각은 잔수의 주인인 암중인조차 이해하기 불가능하다 말할 정도로 뛰어났으니까.

실제로 잔수가 마음먹고 숨은 은신을 이 형은 어렵지 않게 찾아낸 전례가 있었다.

그 말은 도망치는 것도, 숨는 것도 불가능하다는 뜻이었다.

결국 잔수가 택한 것은…….

"자, 잠시만!"

버럭 외치는 잔수의 음성이 효과를 보았던지 어느새 벼락처럼 떨어져 내리던 이 형의 검이 잔수의 코앞에서 멈춰 섰다.

"뭐지? 유언이라도 남길 생각인가?"

시큰둥한 이 형의 물음에 잔수가 답했다.

"주군께 당신의 말을 전하겠소. 당신도 전하고 싶은 말이 있을 것이 아니요?"

"신의가 깨진 마당에 무슨 말을 전해. 그냥 깨진 건 산산이 부숴서 치우면 그뿐이야."

"단지 치우면 그만일 정도의 시간이었던 거요? 그간 주군과 당신이 지낸 시간이 말이오?"

사력을 다한 잔수의 노력이 빛을 발했던 것일까? 그 말을 들은 이 형의 검이 거둬 들여졌다.

"애쓴다. 뭐, 그래. 누구나 살고 싶어 하는 것은 정상이니까. 그럼 가서 물어라. 네 말대로 나와 지낸 시간이 그렇게 덧없던 것이었냐고 말이다."

결국 자신이 살아날 수 있게 되었다는 것에 안도하는 잔수에게 이 형이 물었다.

"안 가고 뭐 해? 왜, 갑자기 귀찮아졌어? 그냥 죽여 줄……."

이 형의 음성은 중간에 흩어졌다. 다급하게 변한 표정

의 잔수가 황급히 떠났기 때문이다.

그렇게 멀어져 가는 잔수의 뒷모습을 바라보며 이 형이 중얼거렸다.

"그걸 물어본들 신뢰가 깨어진 상황에서 뭐가 달라지겠냐만은……."

솔직히 그간 제법 괜찮은 사내라 생각했었다. 암중인은 자신의 이득을 위해 움직이지 않았으니까.

그것이 제법 호기심을 자극하기도 했다.

하지만 그것도 이제 소용이 없어졌다.

자신의 등에 칼을 꽂았다는 것만으로도 흥미는 충분히 떨어졌으니까.

그 순간 정 붙일 곳이 없던 이 형에게 떠오른 이들이 있었다.

"이번엔 그 작자들에게 붙어볼까? 의탁할 곳 없는 타국살이는 이래서 더럽다니까."

투덜거리며 사라진 이 형이 마지막으로 바라봤던 곳은 서북쪽이었다.

사람들이 천산이라 부르는 곳이 있는 방향 말이다.

* * *

월검쌍위는 포기하지 않았다.

명교에 머물며 매일같이 야율한을 설득하고자 애를 쓴 것이다.

그로서는 절박할 수밖에 없었다.

자신이 포기하면 일백군도의 수많은 이가 강신인을 만들기 위해 덧없이 죽어 나갈 것이고, 종래엔 해남검문엔 강신인만 득실거릴 테니까.

세상 사람들이 사파라 손가락질하는 해남검문의 일원이었지만 적어도 월검쌍위는 그런 아비규환을 원하지는 않았다.

그것이 명교로 달려왔던 이유였다.

자신이 아는 한, 중원무림에서 만사겁황의 만행을 저지할 수 있을 만한 능력을 가진 이는 부교주뿐이었으니까.

그렇게 객사에 머물며 매일같이 찾아와 사정하는 월검쌍위가 귀찮을 법도 하건만 야율한은 그를 명교 밖으로 내쫓지 않았다.

뿐만 아니라 매일같이 찾아오는 방문도 막지 않았고, 달라붙어 사정하는 그와의 대화도 거부하지 않았다.

물론 오늘도 그의 요청은 야율한에 의해 거부되었다.

그것에 실망한 표정이 되어 객사로 내려가는 월검쌍위를 잠시 이상한 표정으로 바라보던 철마가 야율한에게 물었다.

"왜 저 인간을 그냥 두십니까?"

"저자의 노력은 정당하고, 내 거부는 아쉬움이 있는 결정이니까요."

"하지만 부교주님께서 그런 결정을 내리셨을 때는 타당한 이유가 있었을 것이 아닙니까?"

"타당이란 말을 붙일 수 있을지는 모르겠습니다. 내가 움직이지 않는 것은 겁이 나기 때문이니까요."

야율한의 답에 철마의 눈이 커졌다.

"겁이요? 부교주님이요?"

어이없는 표정인 철마에게 야율한이 싱긋 웃어 보였다.

"나도 겁나는 일은 있으니까요."

"좀처럼 믿기지 않는 말씀이시네요."

여전히 동의할 수 없다는 표정인 철마를 두고 야율한이 돌아섰다.

"겁이 없는 것이 더 위험한 겁니다."

그 말만 남겨 놓고 돌아선 야율한은 이내 다시 수련에 매진하기 시작했다.

월검쌍위로 인해 깎아 먹힌 시간을 보충하자면 숨 쉬는 시간도 아껴야 했기 때문이다.

그런 야율한을 바라보는 철마의 시선이 복잡했다.

"겁이 없는 것이 더 위험하다라……."

요즘 들어 명교의 고위 무인들 사이에서 교주나 부교주의 말을 깊게 생각하는 풍조가 생겼다.

오래된 일은 아니었고, 한 두어 달 되었다.

시작은 교주와 부교주가 나누던 대화를 우연히 지나가던 목화혈이 듣고 깨달음을 얻으면서부터다.

솔직히 별 이야긴 아니었다. 무공의 구조에 대한 생각들을 주제로 두 사람이 대화를 나누는 자리였으니까.

긴 대화도 아니었다.

서각 아씨가 차를 내온 덕에 오랜만에 잠시 차 한 잔씩 나누던 시간에 불과했으니까.

철마도 바로 곁에서 들었으니 그 이야기가 그저 원론적인 이야기에 지나지 않았었다는 걸 누구보다 잘 안다.

한데, 지나가다 우연히 주워들은 목화혈에게는 그렇지 않았던 모양이다.

가던 길에 주저앉아 그대로 깨달음에 들어 버렸으니까.

그랬다.

같은 십삼혈들 중 이미 화경에 들어선 동료들의 모습에 절치부심하던 목화혈이 그렇게 화경에 들어섰던 것이다.

그 뒤부터였다.

무슨 말이든 교주나 부교주가 내뱉은 말은 그대로 지나친 적이 없다.

무신경의 대명사라는 철마조차도 말이다.

그걸 증명이라도 하듯 한참을 중얼거리는 철마에게 파극이 다가섰다.

"부교주님이 뭐라셨는데 그래?"

은근한 음성으로 묻는 파극에게 철마가 고개를 저었다.

"별말씀 없었어."

"그러지 말고 같이 알자. 응? 친구 좋다는 게 뭐냐. 부교주님이 뭐라고 그랬어?"

좀 전보다 더 은근한 음성으로 묻는 파극에게 철마가 콧김을 훅하니 내뿜었다.

"친구우우?"

"왜 눈은 그렇게 뜨고 그래. 서운하게."

"서운? 하! 어제 어떤 놈이 나한테 친한 척하지 말라고 그러던데. 그 자식 어디 가서 얼어죽었다데?"

"아이, 뭘 그런 걸 마음에 담아두고. 마음 넓은 친구가 이해해야지."

"한 십 년 한솥밥 먹고, 그래야 친구라며?"

"누가? 어떤 싸가지 없는 새끼가 그런 말을 했어?"

"이 자식이!"

눈에 쌍심지를 켜는 철마에게 파극이 싱긋 웃어 보였다.

"알았어. 알았다고. 내가 어제 부교주님이 뭐라 하셨는지 말해 줄 테니까. 화 풀고 너도 말해 줘 봐. 응."

"왜? 암만 생각해도 별다른 뜻이 없는 말 같다. 이제 알려 줘도 괜찮을 것 같아?"

"어! 어떻게 알았…… 그, 그런 건 아니고."

순간적으로 말실수를 했다는 걸 깨달은 파극이 당황했다.

문제는 그것으로 끝날 것 같지 않았다는 것이다.

"그래. 우리가 서열 정리한 지 너무 오래됐어. 이리와 한번 제대로 붙어 보게."

팔을 걷어붙이는 철마의 눈이 흉폭하게 빛나고 있었다.

솔직히 파극은 안다.

같은 현경이라도 철마의 경지가 조금 더 높다는 것을.

곁에서 지켜보는 것만으로도 과거 한 번 붙어 봤을 때보다 철마의 발전 속도가 훨씬 빨랐다.

요샌 그걸 피부로 느낄 정도였으니까.

실제로 최근 들어 철마는 비무 때마다 부교주의 공격을 두어 번은 막아 낼 정도다.

그게 가능한 자는 철마뿐이다.

파극도 한 번이 최대치였고, 그것조차 매번 일어나는 일도 아니었다.

그러니 붙으면 백이면 백, 파극이 패할 것이 분명했다.

요사이 괜히 파극이 무공의 증진에 목을 매는 게 아니었던 것이다.

그렇게 철마의 위험성을 잘 아는 파극이기에 어색한 표정으로 뒷걸음질을 쳤다.

그런 그에게 철마가 와락 달려들자 결국 파극도 맞설 수밖에 없었다.

도주는 선택사항이 아니었으니까.

그로 인해 때아니게 부교주전 연무장에서 철마와 파극의 실전같은 비무가 벌어졌다.

그걸 발견한 사람들 사이에서 '와아'하는 함성이 일어나더니 와르르 모여들어 구경이 시작되었다.

재미있는 것은 누가 이기고, 누가 지느냐가 목적이 아닌 구경이라는 점이었다.

"오오, 저런 각도에서 저렇게 칼을 뻗어 내는구나."

"아! 저게 저런 소리였어!"

그랬다. 저마다 자신들이 익히고 있던 천마사절이 어떻게 펼쳐지는지 확인하고 있었던 것이다.

두 사람은 자타공인 현경의 고수들.

부교주의 말이 그들에게 발전의 실마리가 될 수 있듯이 현경에 이르지 못한 이들에겐 이 두 사람의 행동 하나가 큰 깨달음으로 이어질 수 있는 단초였던 것이다.

과거였다면 대번에 내기가 벌어졌을 상황에서 이젠 두 사람의 움직임에 촉각을 곤두세우는 이들을 바라보며 야율한이 피식 웃었다.

아직 갈 길이 많이 남아 있긴 했지만 좋은 방향으로 바뀌어 가고 있는 것은 분명했기 때문이다.

그것에 빙긋이 웃고 있던 야율한의 입 꼬리가 무슨 이유에선지 천천히 굳어갔다.

그리고 그의 시선이 멀리 성문 밖을 향해 돌려지는 순간, 교주전을 박차고 교주가 날아오르는 것이 보였다.

그 뒤를 따라 부교주도 신형을 뽑아 올렸다.

교주와 부교주의 갑작스러운 이동은 이내 모든 이의 시선을 잡아끌었다.

특히 먼저 몸을 날린 교주의 손에 칼이 뽑혀 들려있다는 걸 발견한 이들은 무언가 문제가 생겼다는 걸 직감했다.

한창 치고 박던 철마와 파극도 마찬가지였다.

둘은 언제 싸웠는가 싶게 동시에 저만치 앞서가는 교주와 부교주를 따라 달렸다.

그리고 그 뒤를 구경하고 있던 이들이 와르르 쫓았다.

싸움 구경을 이어 가기 위해서는 아니었다. 그렇게 쫓아가는 모두의 손에 무기가 뽑혀 있었으니까.

순식간에 성문을 넘어 신형을 바로 세운 교주의 시선에 그가 천천히 다가오는 것이 보였다.

대번에 공격해 들어가려는 교주를 뒤이어 도착한 야율한이 잡았다.

"왜?"

돌아보는 교주에게 야율한이 말했다.

"스스로 찾아온 이입니다. 먼저 이야기부터 들어보시죠."

"시간을 주면 위험해."

"압니다. 그렇다고 겁먹은 티를 내고 싶진 않습니다. 사형."

야율한의 말에 비로소 자신이 겁을 냈다는 걸 알았다.

하긴 다른 상대였다면 지금처럼 앞뒤 가리지 않고 칼부터 뽑아 달려들진 않았을 테니까.

그만큼 자신이 긴장하고 있었던 것이다.

자각하자마자 눈가를 찌푸린 교주가 검을 집어넣었다.

그렇게 교주가 납검을 하자마자 그가 코앞에 도달했다.

암중인이 '이 형'이라 불렀던 사내가 말이다.

"여어, 영 싸가지 없어 마교라 불린다더니 마중까지 나와 주고. 생각보다 예를 아는 친구들이구면."

"배때기에 났던 구멍은 메워진 모양인데, 쓸데없이 나불거리는 조동아리는 여전히 터져 있는 모양이지?"

한마디도 지지 않는 교주의 촌철살인에 이 형이 피식 웃었다.

"그래. 뭐, 똥개도 제 집 앞에선 절반은 먹고 들어간다는데 이해하지."

"절반? 네까짓 거 상대하는데 무슨 절반, 딱 한 수면 돼!"

이를 드러내고 으르렁거리는 교주의 말에 이 형은 눈만

부라렸을 뿐 가타부타 말이 없었다.

틀린 말이 아니었기 때문이다.

우세를 점하긴 했지만 그게 완벽한 우세는 아니었으니까.

교주의 말대로 한 수, 그래. 딱 한 수 앞섰던 것뿐이었다. 그것도 부교주까지 합세하면 말이 달라진다.

그땐 한 수가 아니라 반수만으로도 이전처럼 허리 어림만 베어지고 끝나지 않을 테니까.

그렇기에 입술만 이죽거릴 뿐, 아무 말도 하지 못하는 이 형에게 야율한이 말했다.

"환영할 수만은 없는 입장을 이해 바랍니다."

그 말에 이 형이 시선을 돌려 야율한을 바라보며 불퉁거렸다.

"그러니 야박하다는 거다. 상처는 내가 입었는데 너무 하잖아."

말투며 행동까지, 이전처럼 칼부림이나 하자고 찾아온 것은 아닌 모양이었다.

그것에 다소 안도하는 야율한의 귀로 교주가 마주 불퉁거리는 음성이 들려왔다.

"그래서 뭐, 깽값이라도 물어 달라고 찾아온 거야, 뭐야?"

"어! 어떻게 알았어? 당연히 받아야지. 내 몸 상하면서 얻은 기회인데."

"뭐?"

어이없는 표정으로 되묻는 교주에게 이 형이 손바닥을 내밀었다.

"줘. 깽값!"

그렇게 손을 내민 이 형과 어이없는 표정인 교주가 서로를 노려봤다.

두 사람 다 물러설 기미가 보이지 않자, 결국 그 사이로 야율한이 들어섰다.

"정말 그걸 위해 왔단 말입니까?"

"이유야 뭔들, 쉴 곳을 얻을 수 있다면야 깽값이면 어떻고, 적선이면 또 어떻겠어."

"쉴 곳이요?"

의심스러운 표정으로 물은 야율한의 곁에서 교주의 웃음소리가 튀어나왔다.

"크크크. 저 새끼, 저거 쫓겨났구먼. 왜? 졌더니 꺼지라데?"

"그 정도는 아니지만 비슷해. 배에 구멍 좀 났다고, 같은 편인 줄 알았던 놈이 모가지 따자고 나서더라고."

이 형의 답에 야율한의 눈이 커졌다.

아무리 부상을 입었다지만 저만한 고수를 죽이겠다고 나섰다는 이의 능력이 어렴풋이 짐작된 까닭이다.

물론 그런 건 신경 끄고, 상대의 불행을 진심으로 고소해하는 교주도 있었지만.

"낄낄낄. 고놈 쌤통이다!"
"그래. 그렇게 재미있어 할 줄 알고 왔지. 자, 책임져."
"뭔 소리야? 네가 배신당한 건데 우리가 왜 책임을 져!"
 눈을 부라리는 교주에겐 시선도 주지 않은 채 이 형이 야율한을 직시했다.
"내 몸에 손 하나 못 대본 놈은 빠지고, 내 배에 구멍 낸 놈. 네가 말해 봐. 책임 어떻게 질 거야?"
 이 형의 물음에 교주는 이를 악물었고, 야율한은 쓰게 웃었다.
 재미있는 것은 교주가 이를 악물었지만 반론을 펴지 못했다는 점이다.
 이 형의 말대로 상대의 몸에 손 한번 못 대본 것은 맞으니까.
 그렇게 반론을 펴지 못한다는 것에 분해하는 교주의 귀로 야율한의 음성이 들려왔다.
"장난 그만하시고, 진짜 이유를 듣죠. 정말로 머물 곳이 필요한 겁니까?"
"당연히. 아니면 내가 유리걸식이 취미라 여기까지 찾아와서 이런 대접을 받고 있겠어? 이래 봬도 나 잘나가는 몸이야."
 마치 으스대는 듯 가슴을 쫙 펴 보이는 이 형의 모습에 분해하던 교주가 피식 웃으며 한마디를 날렸다.

"그럼. 얼마나 잘나가시면 같은 편한텐 배신당하고 적한테 엉겨 붙으러 오셨겠어."

문장 전체에 비난과 조롱이 덕지덕지 붙었다.

어지간한 사람도 버럭 화를 냈을 그 말에 이 형이 피식 웃었다.

"내 말이. 그러니까 책임지라는 거 아니겠어."

자신의 능력조차 넘어서는 실력가가 보이는 뜻밖의 행동에 야율한은 꽤나 놀란 눈치였다.

정사마를 가리지 않고 무인들은 모두 자존심이 드세다. 자신의 비세를 좀처럼 인정하지 않는다는 소리다.

하지만 상대는 그런 것에 큰 의미를 두지 않는 듯 보였다.

중원 무인 중에서는 분명 보기 어려운 모습이었다.

아니나 다를까.

"어! 대장군?"

뒤늦게 도착한 이들 속에 끼어 있던 이태가 이 형이라 불린 사람을 알아봤다.

그리고 이 형이란 사내도 이태를 알아본 모양이었다.

"어! 고자질쟁이!"

* * *

서로를 아는 것 같은 두 사람의 반응에 야율한이 이태

에게 물었다.

"아는 사람입니까?"

"고려, 아니 이젠 망해 버린 나라니까…… 동이라 표현하는 것이 빠르겠네요. 동이의 대장군이었던 분입니다. 저분이 뜨면 여진 애들이 뒤도 안 보고 도망 다니던 분이죠."

무림인인 줄 알았던 이가 장수였다니 놀랄 일이었다.

더구나 교주와 자신의 협공을 막아 낼 정도의 고수가 말이다.

"뜻밖이군요."

야율한의 말에 이태가 고개를 끄덕였다.

"그러게요. 하긴 산속에 틀어박혀 망국의 한을 달랠 성품은 아니긴 했죠."

이태의 평가에 이 형이 피식 웃었다.

"그런 네놈도 어디서 잘살 줄 알았다. 임기응변과 적응력은 네놈이 갑이니까."

"저야 뭐 태생이 그러니까요. 그나저나 대장군은 웬일이십니까?"

"밥 좀 얻어먹으러 왔더니 이 난릴세. 네들 상관 성격은 별로다, 야."

이 형의 평가에 쓰게 웃은 이태가 야율한에게 말했다.

"거짓을 말할 분은 아닙니다. 그러느니 차라리 칼 물고 죽을 사람이니까요."

"보증합니까?"

직시하는 야율한의 눈빛이 진심이라는 것을 알아본 이태가 진중한 표정으로 고개를 끄덕였다.

"제 목을 걸어도 좋습니다."

이태의 말에 야율한의 시선이 교주에게로 향했다.

그 눈빛의 의미를 알아차렸던지 교주가 투덜거렸다.

"빌어먹을. 따라와."

그 말만 던져두고 성내로 들어가는 교주를 이 형이 재빨리 따라붙었다.

"나 고기 좋아하는데, 고기는 많나?"

"시끄러! 얻어먹으러 왔다는 주제에 뭘 그렇게 따져. 주는 대로 처먹으면 되지."

"손님 대접이 영 시원치 않……."

"확실히 해. 손님이야? 아님 얹혀살러 온 거야?"

"일단은 간 보는 중이라고 해 두면 안 될까? 내가 첫 느낌만으로 얹혀살았다가 뒤통수를 세게 얻어맞았거든."

"빌어먹을! 한 달이야."

교주의 말에 이 형의 얼굴에 미소가 깃들었다.

"그 정도면 뭐……."

고개를 끄덕이는 이 형을 달고 교주가 성내로 들어가 버리자 달려 나온 이들이 멍한 표정이 되었다.

그들 속에서 철마가 나서 야율한에게 물었다.
"저자군요. 두 분을 그렇게 만들었던 자가."
철마의 질문이 무엇을 뜻하는지 알아들은 이들의 눈이 커졌다.
그렇게 명교의 최고위 고수들이 놀란 눈으로 바라보는 가운데 야율한의 고개가 끄덕여졌다.
"교주님과 내가 합공을 하고서도 평수였습니다. 조심하는 것이 좋겠어요."
일대일도 아니고 합공으로도 평수였다는 소리에 놀라는 이들 속에서 이태가 물었다.
"혹시 막 불길 일고, 그랬습니까?"
"불길?"
야율한의 물음에 이태가 답했다.
"저분 특기가 극양공이거든요. 그게 극성이 되면 칼에 불길처럼 강기가 어립니다."
"그건 못 봤지만, 짙은 어둠은 깔리더군요."
"어둠이면…… 극양공 직전이네요. 본래 능력의 팔 할 정도라 보시면 됩니다."
이태의 말에 이번엔 야율한의 눈이 커졌다.
다시 말해 팔 할의 능력을 뿜어냈을 뿐인데도 교주와 자신이 합공을 하고도 겨우 평수를 이루었다는 뜻이기 때문이다.

상대는 부상을 입고 도주했으니 야율한과 교주가 우위를 점했던 것이 아니냐고 생각하는 사람들도 있을지 모르겠지만 아니다.

당시 교주와 야율한은 상대의 위치를 완벽하게 놓치고 있었다.

그것이 뜻하는 위험성을 야율한은 누구보다 잘 알고 있었던 것이다.

그 탓에 속없는 사람처럼 교주를 따라 쫄래쫄래 걸어 들어가는 이 형의 뒷모습을 바라보는 야율한의 눈빛이 무거웠다.

자신이 어찌할 수 없는 이를 안으로 들여놓는 불안감이 들었기 때문이다.

그런 야율한에게 이태가 말했다.

"걱정은 하지 마세요. 생각을 바꿔 칼을 거꾸로 들기로 결정한다면 성문 밖으로 나가서 선전포고부터 날릴 사람이니까요. 성품이 더러워서 그렇지, 천성이 뒤통수는 못 치는 인간이거든요."

이태의 평가에 야율한이 물었다.

"얼마 만에 보는 사람입니까?"

"한 십 년 정도 된 듯한데요."

"그 시간이면 사람은 변하고도 남습니다."

"그럴 수도 있겠네요. 그래도 전 아니다에 제 목을 걸겠습니다. 그 정도 믿음은 제게 심어 준 사람이니까요."

"어떻게 그렇게 믿죠?"

"새로운 왕조에서 일인지하 만인지상의 자리를 제시했죠."

"그걸 거부했던 모양이군요. 망국을 버릴 수 없다는……."

야율한의 추측을 이태가 고개를 가로저어 막았다.

"아뇨. 새로운 왕이 거짓말쟁이라고요."

"거짓말…… 쟁이요?"

"마음에 안 들면 반란도 하고, 하극상도 하는 거라는 주의라서 역성반란은 크게 문제를 삼지도 않았거든요. 그런 인간을 지휘관으로 뽑은 왕의 잘못이란 주의였죠."

"그런데 왜……?"

"회군하는 명분들이 죄다 거짓말이라는 거였어요. 명목으로 든 것들이 정말로 문제였다면 출전하기 전에 제목을 걸고 반대를 했어야 한다는 거죠."

"도대체 무슨 이유를 명분으로 들었기에 그럽니까?"

야율한의 물음에 이태가 어깨를 으쓱여 보였다.

"비가 와서 안 되고, 뭐라 그랬더라? 이젠 기억도 잘 안 나네요. 장마철에 나와서는 비가 와서 안 된다니 개가 웃을 노릇이긴 했죠."

"앞과 뒤가 다른 사람을 싫어한다는 뜻입니까?"

"그런 셈이죠. 반란을 일으키는 명분을 세울 거였으면

조금 더 솔직했어야 한다는 소리였으니까요."

이태의 답에 야율한이 물었다.

"그렇게 반대였다면 저자의 능력으로는 동이의 왕일지라도 베는 것이 어렵지는 않았을 텐데, 어찌 그냥 두었답니까?"

"그럼에도 불구하고 전쟁하는 것보다는 나으니까. 라고 하셨던 것으로 기억합니다."

이태의 답에 교주를 따라 들어가는 이 형을 바라보는 야율한의 눈빛에 걱정이 사라지고, 이채가 들어섰다.

물론.

"싸움에 겁을 냈다는 소리네? 보기보다 겁이 많은 모양이지?"

박한 철마의 평가도 나왔지만.

그런 철마에게 이태가 쓰게 웃으며 말했다.

"그런 말, 저분 앞에서는 하지 마세요. 욕은 참아도 모욕은 못 참는 인간이니까요. 아마 면전에서 자길 겁쟁이라고 말하는 걸 들으면 철마 장로……."

그 부분에서 야율한을 흘긋 일별한 이태가 서둘러 말을 고쳤다.

"……철마님 껍데기를 벗기자고 들 겁니다. 저 양반 눈 돌아가서 날뛰면 그땐 아무도 못 말리거든요."

"그러니 나보고 말조심하라는 거야!"

피로 물든 참경 〈163〉

대번에 쌍심지를 켜고 나서는 철마에게 이태가 한 발짝 물러서면서도 대답하는 걸 멈추지 않았다.
 "걱정되니 그렇죠. 걱정! 동이에 있을 때 진짜 봤단 말입니다. 중원의 현경에 해당하는 고수가 면전에서 겁쟁이라고 욕했다가 복날 개 잡듯 잡히는 걸요."
 "복날 개 잡듯? 그게 뭔 소리지?"
 "그게요……."
 뒤로 길게 이어진 이태의 말은 야율한의 귀에 잘 들어오지도 않았다.
 현경은커녕 극단에 서 있는 자신이나 교주도 일대일이었다면 가볍게 때려잡을 정도의 실력이라는 것은 이미 알고 있었으니까.

 * * *

 귀환한 잔수로부터 이 형의 변심을 보고받은 암중인의 표정이 어두웠다.
 현 천하에서 가장 위험한 사내가 아무래도 적이 된 듯했기 때문이다.
 그나마 끝장을 보자며 돌아오지 않은 것이 위안일 지경이었다.
 그 의미를 암중인은 어렵지 않게 짐작할 수 있었다.

'그나마 정이 들었었다는 뜻이겠지.'

그걸 깨버린 것이 자신이었으니 누굴 원망할 수도 없었다.

안다.

그가 자신을 먼저 배신하지 않았을 거란 걸.

그럼에도 그냥 둘 수가 없었다. 암중인과 이 형이 맺은 약속은 이제 일 년 남짓 남았고, 그 시간이 지나면 더없이 흉폭한 맹수가 풀려나는 셈이었으니까.

그때를 감당할 수 없었다.

이 형이 어찌 움직일지 알 수 없었기 때문이다. 만에 하나 적에게 붙는다면…….

그것이 기회가 왔다고 판단되었을 때, 이 형의 등에 칼을 꽂고자 나섰던 이유였다.

그만큼 두려운 사람이라는 뜻이다.

"어디로 향했는지는 알지 못하고?"

"소인이 뒤를 쫓을 수 있는 자가 아니온지라……."

이제 촛불 하나만 남은 잔수의 두려움을 암중인도 이해했다.

고개를 끄덕이는 암중인의 모습에 잔수는 조용히 고개를 숙여 보이고는 물러갔다.

그렇게 홀로 남은 암중인이 작게 중얼거렸다.

"실수였던가……."

실수.

암중인에겐 가장 아픈 단어였다. 그렇기에 가능한 실수하지 않으려 노력하며 살았는데.

아무래도 그 실수라는 것을 다시 범한 듯했다.

"이래서 앞날은 다들 아무도 모르는 것이라 이야기하는 것이겠지."

중얼거리는 암중인의 음성이 한없이 무거웠다.

* * *

해남의 공기가 무거웠다.

매일같이 해남으로 일백군도의 배가 들어오고, 수십에서 수백의 사람들이 해남도로 공급되고 있었지만 어디에서도 그 많은 이의 부산함은 발견할 수 없었다.

배에서 사람들을 내리는 이들도 마치 공동묘지로 사람들을 밀어내는 듯한 느낌이 들었을 정도였다.

해남도 자체가 원체 배타적인 곳이라 조용한 곳이긴 했어도, 이 정도는 아니었는데 시간이 흐를수록 분위기가 무거워지고 있었다.

그렇다고 그걸 입 밖으로 내서 말할 수도 없었다.

사람들이 배에서 내리는 걸 감독하는 해남검문 무인들이 섬뜩한 눈빛으로 지켜보고 있었기 때문이다.

아무리 농담일지라도 해남검문을 헐뜯는 걸 그냥 지나

갈 이들이 아니었다.

그렇기에 일백군도에서 배를 몰고 온 선원들은 싣고 온 사람들을 내리고는 서둘러 해남도를 떠났다.

그게 이 기분 나쁜 섬에 조금이라도 짧게 있을 수 있는 길이었기 때문이다.

그런 배들이 하루에도 수십 척이다.

일백군도에 속한 각 섬에서 사나흘에 한 번씩 배를 내보내고 있었기 때문이다.

그렇게 해남도에 도착한 이들은 해남검문 무인들이 지켜보는 가운데 섬의 중심에 있는 커다란 봉우리로 향했다.

여모봉이라 불리는 봉우리는 해남도에서 가장 큰 산으로 해남검문이 웅지를 틀고 있는 곳이기도 했다.

그곳으로 길게 줄을 이루며 향하는 이들의 표정엔 긴장과 불안감으로 가득했다.

일백군도의 무인들에게 이끌려 강압적으로 보내진 이들이었기 때문이다.

그 모습을 여모봉 정상의 전각에서 내려다보는 만사겁황의 눈빛이 온통 검게 물들어 있었다.

그런 만사겁황의 곁으로 다가선 이는 제 문사, 그러니까 변장한 제갈기연이었다.

"수가 만 단위를 넘어섰소. 조만간 원했던 십만을 채울 거요."

"크크 십만이면 놈을 불러올 수 있어. 그리되면 상황이 달라지겠지."

"도대체 십만을 죽여 무얼 하고 싶은 거요? 그냥 강신인만 만들어도 될 것을?"

"아니. 놈은 강신인들로는 상대할 수 없어. 이미 증명된 것이잖아."

"부교주를 말하는 모양인데. 우리의 목표가 강호 정벌이 아니라는 걸 잊은 거요? 그와 맞서지 않고서도 얼마든지 강호를……."

"놈이 그냥 있을 거 같나? 아니야. 놈은 반드시 개입해 올 거야. 그때를 대비하지 않고서는 성공할 수 없어."

그 경우에 대비해서 계획을 짰다. 명교나 부교주의 개입이 발생했을 때 그들과의 충돌을 최대한 피하면서 강호를 피로 물들이고, 죽음으로 채울 수 있도록.

그럼에도 만사겁황은 다른 계획을 꺼내놓았다.

제갈기연의 계책을 완전히 믿지 못한다는 뜻이다.

그걸 알면서도 화를 내지 못하는 것은 그간 제갈기연이 세웠던 여러 가지 계책이 모조리 부교주의 손에 깨져나갔기 때문이었다.

그래서 이번엔 만사겁황의 계획을 지켜보고만 있는 것이다.

도대체 무엇으로 부교주, 그 막강한 무인을 막겠다는

것인지 궁금했으니까.

"도대체 무얼 불러내고 싶은 거요?"

제갈기연의 물음에 만사접황이 미소 지었다.

"있어. 싸움으로는 나도 상대가 안 되는 놈이."

말끝에 드러나는 만사접황의 미소가 섬뜩하기 그지없는 제갈기연이었다.

* * *

유랑은 광서에서 뱃길로 여섯 시간 정도 떨어진 금일도의 사람이다.

흔히 일백군도라 부르는 섬 중에 하나인 금일도는 먼 과거부터 해적들의 땅으로 유명했다.

지금도 금일도를 지배하는 세력은 해적과 다름없는 이들이다.

인근 해역을 통행하는 상인들과 어부들에게 보호비를 받고 해상의 안전을 보장해 준다지만 그것조차 구실일 뿐이었으니까.

실제로 그들은 보호비를 내지 않고 자신들의 권역을 지나는 상선과 어선들을 공격해 침몰시킨 적도 많았다.

그렇게 침몰한 배에서 구출된 이들은 노예가 되어 팔려나가거나 금일도에서 짐승보다 못한 대우를 받으며 죽을 때까지 일을 해야 했다.

유랑의 부모도 그런 사람들의 후손이었다.

지금이야 금일도의 사람으로 인정받아 평범하게 산다지만 그의 조부모 때만 해도 끊임없는 차별 속에서 비루하게 살았어야 했다.

증조부가 포로였다는 이유 때문이었다.

여하간 그것은 과거의 이야기였고, 최근엔 제법 안락한 생활을 하고 있었다.

물론 유랑과 그녀의 가족들이 해남도로 보내지기 전까지였지만.

왜, 무슨 이유로 금일도를 떠나 해남도로 가야 하는지는 알지 못했다.

시퍼런 칼을 꺼내들고 겁박하는 도주의 무사들에게 끌리고 밀리며 배에 오른 후, 해남도에 버려졌으니까.

처음엔 그래도 가족들과 같이 있었다.

하지만 여모봉으로 끌려온 직후엔 그조차 헤어졌다. 그리고 유랑은 작은 방에 가둬졌다.

그렇게 그녀를 가둔 것은 생각 외로 꽤나 고위직에서 내려진 결정이었다.

"저 여인은 왜 가둔 거요?"

제갈기연의 물음에 만사겁황이 의미심장하게 미소 지었다.

"그년이 반반하게 생긴 걸 좋아하거든."

"그년? 부르고 싶다는 전사가 여인이오?"

"전사는 무슨, 그냥 피에 미친년이야. 존재하는 것을 부수고, 살아 있는 것을 죽여 없애는 것에서 희열을 느끼는 존재니까."

"그런 존재에 대한 이야기는 들어본 적이 없소."

제갈기연의 의문에 만사겁황이 미소를 지었다.

"너희는 잘 몰라. 천축국 애들은 좀 알지."

"천축국의 신이오?"

"신계가 나뉘어 있다지만 네들처럼 국경이 있는 것도 아니니 천축국의 신이라고 말하기는 우습지. 봐, 나도 여기에 있잖아."

만사겁황의 말에 제갈기연의 표정이 굳었다.

"그, 그대도 신이었소?"

"신은 무슨, 그냥 존재하되 존재하지 않는 존귀한 이였다고나 할까? 지금은 그런 게 중요한 게 아니니까. 여하간 그년을 불러내면 놈을 제어할 수 있게 될 거야."

"부교주를 제압할 수 있을 거라고 확신하는구려?"

"현계로 나오면 아무리 능력을 깎아 먹는다지만 그년이라면 그리고서도 충분할 거야."

만사겁황이 그 정도로 확신하는 이의 능력이 두려웠다.

정작 불러놨더니 딴생각을 먹고 날뛰면 그만큼 걱정되는 일도 없을 테니까.

"믿어도 되는 거요?"

"뭐, 그년? 믿긴 뭘 믿어. 그냥 풀어놓을 거야. 어차피 말아먹을 세상, 뭐가 어찌 되든 상관없잖아."

역시 걱정대로 대책 없이 구는 만사겹황에게 제갈기연이 걱정을 풀어놓았다.

"그러면 우리의 계획도 차질을 빚을 거요."

"괜찮아. 어차피 엉망이 될 세상이 조금 더 개판이 되는 것뿐이니까. 문제가 된다면 그때 가서 다시 계획을 짜면 되고. 네가 있는데 무슨 걱정이야."

만사겹황의 답에 제갈기연은 엉망이 될 계획에 울어야 할지, 아니면 자신을 이처럼 인정해 주고 있다는 것에 웃어야 할지 갈피를 잡을 수 없었다.

그럼에도 하나는 확실했다. 만사겹황은 자신의 결정을 되돌리지 않을 것이란 것 말이다.

그런 사람에게 자꾸 말해 봐야 괜한 짜증만 돌아올 뿐이란 것을 누구보다 잘 아는 제갈기연은 입을 다물었다.

만사겹황의 말대로 엉망이 되면 그때 가서 다시 계획을 수정해 짜면 되니까.

'그래. 어차피 망해 버릴 세상이니까.'

미련을 버리니 마음이 편안해지는 제갈기연이었다. 그

런 마음이 제갈기연의 표정에 그대로 드러났다.

 그렇게 관심을 놓아 버린 제갈기연이 바라보는 가운데, 여인이 갇힌 방을 중심으로 만들어져 있는 방들에선 끊임없이 비명이 새어 나왔다.

 저 방에선 만사겁황의 명을 받은 강신인들이 계속해서 사람들의 목을 베어 내고 있었던 것이다.

 그들이 흘린 피는 여인이 갇혀 있는 방의 아래로 흘러들어가 모인다.

 그렇게 되도록 지하에 큰 방을 만들고, 그 위에 유랑이라던 여인이 갇혀 있는 전각을 지은 것이니까.

 만사겁황이 원하는 망자의 수는 십만이었다.

 그리고 이제 그 수에 가까워지고 있었다.

 그 많은 이의 죽음으로 얻어 낼 자가 누구인지 제갈기연조차 기대가 될 정도였다.

 무고한 이들의 막대한 희생이 있는데 어찌 기대를 하냐고?

 세상의 변화는 모두가 누군가의 희생에서 시작된다.

 그러니 제갈기연의 입장에선 저 방에서 죽어 가는 이들의 죽음이 아쉬울 것이 없었다.

 어차피 세상이 망하면 같이 죽을 것들이었다. 그건 자신도 벗어나지 못할 결과였으니까.

 그렇게 투명한 시선으로 제갈기연이 바라보는 전각들

속에서는 여전히 비명이 새어 나오고 있었다.

　　　　　　＊　＊　＊

 교주는 미치고 팔짝 뛸 지경이었다. 더부살이로 들어온 인간이 며칠째 찰싹 붙어 속을 긁어대고 있었기 때문이다.
 결국 견디다 못한 교주가 폭발했다.
 "가! 가서 밥이나 처먹어!"
 "밥은 아까 먹었어. 그나저나 너 그렇게 움직이면 검로가 막히지 않냐? 발을 좀 더 뒤로 빼 보지 그래."
 "냅두라고 그랬다만."
 "안타까워서 그러지."
 "냅두라고. 이미 네놈 말대로 했다가 개피 봤잖아! 보고서도 지랄이야!"
 교주의 투덜거림에 이 형이 겸연쩍은 얼굴로 답했다.
 "그건 실수라고 했잖아. 지금은 진짜라니까."
 "됐어! 한번 속았으면 됐지, 두 번은 안 속아!"
 "장담한다니까. 진짜야. 내가 정말로 장담한다고."
 이러니저러니 해도 이 형은 이미 겪어 봐서 알지만 교주보다 분명 앞서 있는 실력자였다.
 그런 이의 주장이 저리 강경하니 교주도 슬쩍 흔들릴

수밖에 없었다.

"확실…… 해?"

슬쩍 틈을 보이는 교주에게 이 형의 결정적인 말이 던져졌다.

"이번에 틀리면 내가 네 동생이다."

저만한 고수가 동생이 되겠노라 나섰을 정도면 틀림없다는 뜻이다.

결국 교주가 넘어갔다.

"좋아 한번 더 믿어 보겠어. 아니면……?"

"내가 네 동생이라니까!"

"좋아. 해 보지."

그렇게 이 형의 설득에 넘어간 교주가 시키는 대로 발을 뒤로 조금 더 뺐다.

그리고 펼쳐진 검술은…….

"이 쌍!"

"형! 내가 전부터 형이라고 부르고 싶었다니까."

천연덕스러운 이 형의 호칭에 교주는 화도 내지 못했다.

그렇게 아웅다웅하는 두 사람을 바라보는 혈검대주의 표정엔 쓴웃음이 매달렸다.

곁에서 지켜본 이 형이란 자는 아무리 높게 쳐 줘도 교주와 부교주를 동시에 상대할 수 있을 정도의 고수로는 보이지 않았다.

물론 교주와 부교주가 거짓말을 할 리는 없으니 자신이 제대로 보지 못하는 것일 터였다.

그럼에도 불구하고 긴장은 되지 않았다.

뒤통수를 후려 맞을 가능성은 없다는 이태의 장담이 아니더라도 그럴 사람으로는 보이지 않았기 때문이다.

그런 탓에 빙긋이 웃으며 지켜보던 혈검대주의 곁으로 야율한의 신형이 귀신처럼 솟아올랐다.

"재미있는 거라도 있었습니까?"

"아! 부교주님."

"웃음이 푸근하군요."

"그것이…… 하하하, 예. 재미있었습니다."

혈검대주의 말이 끝나기 무섭게 교주의 짜증이 튀어나왔다.

"네 주군이 사기당한 게 뭐가 재밌어!"

버럭거리는 교주의 짜증에 혈검대주의 표정에서는 웃음기가 싹 날아갔다.

괜히 교주의 화 받이가 될 수도 있었기 때문이다.

그런 혈검대주를 대신해 야율한이 나섰다.

"딴 곳에서 기분 상하시고 엄한 곳에서 푸는 건 사형답지 않아요."

"나답지 않아?"

"예. 사형은 선후가 분명한 사람이니까요."

"그…… 런가? 네가 그렇다면 그런 거지. 에이, 여하간 저 새끼 때문에 여러 가지로 모양만 빠진다니까."

여기서 '저 새끼'가 혈검대주를 지칭하는 말은 아닌 듯 했다.

그 말을 하는 교주의 시선이 어느새 주먹밥을 집어 먹고 있는 이 형에게로 향해 있었으니까.

밥 좀 얻어 먹으러 왔다더니 진짜로 목적이 그것이었는지 의심이 들 정도로 이 형은 많이 먹었다.

혀를 내두르던 철마의 말대로면 하루에 일곱 끼를 먹는다던가?

미식가라기보다는 대식가로 보였다.

지금도 간식이 분명할 주먹밥의 크기가 어지간한 어린아이 머리통만 했으니까 말이다.

그렇게 커다란 주먹밥을 먹으며 이 형이 손을 들어 보였다.

"왔어. 형의 사제."

천연덕스럽게 교주를 형이라 부르는 모습에 자신도 모르게 피식 웃어 보인 야율한이 다가섰다.

"그래 지내는 것엔 불편함이 없으신 모양 같군요."

"괜찮지. 네 사형이 조금 덜떨어진 것만 빼면."

자신에 대한 험담을 대놓고 떠들어대는 이 형의 모습에 교주가 발끈했다.

"저게!"

"지금 보는 대로 인내심도 별로 없고. 실력도 별로고, 성격도 안 좋아 보이는데 왜 저런 인간 밑에 있는 거야?"

이 형의 물음에 야율한이 답했다.

"가족이니까요. 그리고 사형은 그런 사람 아닙니다."

"뭐, 실력 없고, 인내심 없는 거? 지금 보고서도 그런 말이……."

"한때는 적이었던 당신을 두고 볼 정도의 인내심이 있고, 실력은……."

그 부분에선 야율한도 말을 잇지 못했다.

번데기 앞에서 주름잡는다고, 이 형이란 자 앞에서 실력을 운운할 수는 없었기 때문이다.

그건 교주도 알았던지 그 부분에서 야율한의 말이 막힌 것에 대해서는 가타부타 말이 없었다.

대신 교주는 야율한이 자신의 편을 들어준 것이 좋은지 헤벌쭉 웃고 있을 따름이었다.

그런 교주를 힐긋 일별한 이 형이 투덜거렸다.

"어디 사제 없는 놈 서러워 살겠나."

"사제가 없어?"

마치 예상외라는 듯이 눈을 동그랗게 뜨고 묻는 교주의 입 꼬리가 잔뜩 올라가 있었다.

그런 교주의 표정에 이 형이 투덜거렸다.

"사제만 없냐. 사형도 없다. 빌어먹을! 가진 것들이 없는 놈 놀리는 거 아니다."

이 형의 투덜거림에도 교주는 좋아 죽는 표정이었다.

자신이 우위에 선 부분을 마침내 찾아냈다는 듯이 말이다.

그런 두 사람을 바라보며 어이없이 웃은 야율한이 이 형에게로 다가섰다.

"이제 말해 줄 때도 되지 않았습니까?"

"뭘?"

"어디에 있었고, 누구와 함께했었는지 말입니다."

"나보고 정보를 팔아넘기라는 소리네."

"한 지붕 아래 사는 이들에게 정보를 공유해 주는 것이라고 생각할 수도 있지 않겠습니까?"

"글쎄 아직은 한 집안 식구가 될지, 아니면 밥 몇 끼 얻어먹은 이들의 집이 될지 모르니까."

"아직도 결정을 하지 못했다는 소립니까?"

"한 달 준 거 아니었어? 난 그렇게 들었는데."

이 형의 핀잔에 야율한이 쓰게 웃었다.

"보채지 말라는 말씀이군요."

"나중에도 말 안 할지 몰라."

"왭니까?"

"난 뒤통수치고, 말 여기저기 옮기고 다니는 놈들을 경멸해. 그런 나한테 정보를 내놓으라는 건 무리니까."

"끝까지 말하지 않을 생각이군요."

"네들한테는 적일지 몰라도 나한테는 뒤통수친 더러운 친구 새끼니까."

"뒤통수친 더러운 친구 새끼, 그게 적이 아닐까요?"

야율한의 물음에 이 형이 고개를 저었다.

"달라. 적은 적이고, 뒤통수친 새끼라도 친구는 친구인 거니까."

"그럼 그 뒤통수 쳤다는 자를 계속 친구로 둘 생각입니까?"

"뭔 소리야? 난 뒤통수 친 새끼는 더는 안 믿어. 그러니까 여기 와서 이러고 있는 거 아니겠냔 말이야?"

투덜거리는 이 형에게 야율한이 물었다.

"앞뒤가 안 맞는다고는 생각지 않으십니까?"

"너도 고리타분하구나. 내 생각이 그렇다는데 무슨 앞뒤와 사리분별을 따져. 내가 그렇다면 그런 거지. 네 생각이 아니라, 내 생각이라고. 빌어먹을."

그저 핀잔 같은 소리였는데 그 말에 야율한의 눈에 이채가 스쳐 지나갔다.

그걸 알아본 이 형이 말했다.

"여기서 시간 죽이지 말고 가. 가서 조용히. 깨달음엔 소란이 쥐약이니까."

자신의 반응을 알아차린 이형의 말대로 야율한은 즉시 교주전을 나섰다.

지금은 조용히 혼자 있을 곳이 필요했기 때문이었다.

그렇게 멀어져가는 야율한을 바라보며 이 형이 빙긋이 미소 지었다.

그런 그에게 교주가 의미심장한 눈길로 물었다.

"너……?"

"밥값은 했어. 그러니까 형이라고 부르는 건……."

"그건 그거고!"

딱 부러지는 교주의 말에 이 형은 입을 삐죽여 보였다.

* * *

유랑이 머물던 전각이 형편없는 모습으로 무너졌다.

멀쩡했던 전각이 무너지면서 일어났던 먼지가 가라앉자 드러난 정경은 제갈기연에게 경악을 불러일으키기에 부족하지 않았다.

"저, 저거!"

놀라 입만 벙긋거리는 제갈기연에게 만사겁황이 미소 지었다.

"냅둬. 현신 축제 중일 테니까."

"혀, 현신 축제?"

"현계에 내려왔으니 기쁨을 누려야지."

만사겁황의 말에 다시 전각이 있던 자리로 시선을 준 제갈기연은 차마 오래 바라보지 못했다.

그곳에선 온통 피칠갑을 한 여인이 주변의 강신인들을 쳐 죽이고, 찢어 죽이고, 꺾어 죽이고, 비틀어 죽이고 있었기 때문이다.

사람을 가장 처참하게 죽일 수 있는 방법들이 모조리 벌어지고 있었던 것이다.

그 참경이 너무나 잔혹했기에 강호의 한복판에서 살아왔던 제갈기연조차 제대로 바라보지 못할 정도였다.

그렇게 피를 질펀하게 흘린 뒤, 유랑이 붉은 눈을 들어 만사겁황을 바라봤다.

그 순간, 두 사람간의 거리가 사라지고 만사겁황의 코앞으로 유랑이 이동해 왔다.

그런 급격한 이동이 무엇을 위해서인지 알아차린 만사겁황이 다급히 외쳤다.

"워워, 나라고 나! 널 불러낸."

피로 물든 유랑의 손이 만사겁황의 목을 그러쥔 상태에서 멈춰졌다.

"껍데기가 달라서 못 알아봤네. 한데 네놈이 왜 여기에 있는 거지?"

"모습이 다른 건 너도 마찬가지거든. 그리고 내가 여기 있는 이유도 너랑 같지."

"네놈도 불려 나왔다는 건가?"

"그래."

만사겁황의 답에 그의 곁에 있는 제갈기연을 바라보며 유랑이 물었다.

"널 불러낸 자가 저놈인가?"

"아니. 그놈은 이 안에 있지."

자신의 가슴을 가리키는 만사겁황의 모습에 유랑이 피식 웃어 보였다.

"잡아먹었군."

"꽤나 먹음직스러웠으니까."

"그럼 내가 날 불러낸 널 잡아먹는 것도 이해하겠네?"

천천히 피로 물든 손으로 자신의 목을 쓰다듬는 유랑에게 만사겁황이 고개를 저어 보였다.

"아니. 넌 안 돼."

"왜!"

대번에 차갑게 변한 유랑의 목소리가 높아졌다.

그런 그녀에게 만사겁황이 의미심장하게 웃었다.

"내가 사라지면 마음 놓고 살육을 벌일 수 없을 테니까."

"무슨 소리지? 내가 왜 마음대로 살육을 벌일 수 없다는 건데?"

"이 세상은 우리가 살던 곳과는 달라. 먹고 마시고, 또 살아가야 하지. 그 모든 걸 너는 완벽하게 홀로 구할 수 없어."

"빼앗으면 돼."

"하나나 열이면 가능하겠지만 백이 모이고, 천이 뭉치면 아무리 너라도 살아남을 수 없어."

"웃기지 마."

믿지 않는 그녀에게 만사겁황이 손짓을 해 보이자 사방에서 강신인들이 모습을 드러냈다.

동료들이 죽임을 당할 때도 침묵하던 이들이 자신들의 창조자, 또는 호출자라 불리는 만사겁황의 부름에 응한 것이다.

그들의 등장에 코웃음을 치던 유랑의 표정이 점점 딱딱하게 굳어갔다.

일대일로는 고려의 가치도 없는 이들이 수를 불려 나가자 그녀도 감히 쉽게 볼 수 없는 적이 된 것이다.

그렇게 긴장한 유랑을, 아니 그녀의 안에 들어앉은 존재에게 만사겁황이 말했다.

"저걸 세력이라 부른다. 하나와 세력의 충돌은 결국 하나가 무너지게 만들거든."

"그걸 네가 가지고 있다는 뜻인가?"

"많은 세력 중 하나를 가지고 있다는 것이 더 정확하겠지."

만사겁황의 답에 그의 목을 그러쥐고 있던 손을 천천히 거둬들인 유랑이 물었다.

"그 세력으로 내 피의 길을 돕겠단 소리고?"

"당연히. 나도 현세의 하찮은 존재들이 내뿜는 죽음과 저주를 먹고 사는 존재니까."

만사겁황의 답에 유랑의 입가로 미소가 깃들었다.

"좋아. 네놈의 검은 속내를 다 아는 건 아니겠지만, 일단은 협력하기로 하지."

"좋은 선택이었다는 걸 알게 될 거다."

만사겁황의 말에 유랑은 그저 빙긋이 웃을 뿐 아무런 말도 하지 않았다.

그렇게 사람의 껍데기를 쓴 알 수 없는 두 존재가 손을 잡는 모습을 지켜보는 제갈기연은 담담했다.

어차피 망해 버렸으면 좋겠다고 생각한 세상, 어떤 존재들이 뭉치는지 따위는 그에게 아무런 감흥도 없었으니까.

제갈기연은 상관없었을지 몰라도 해남검문의 고수들은 그럴 수 없었다.

상황을 목격한 일부 장로들이 서둘러 문주를 찾은 것이다.

"대태상, 군도패의 주인이 불러낸 이의 손에 우리의 무인들이 덧없이 죽어 나갔단 말입니다!"

"강신인을 얻기 위해서도 희생은 필요했소. 조금 더 강력한 무인을 얻기 위해서라면 용인해야 하지 않겠소."

대태상으로 불리는 만사겁황이 강력한 무인을 소환하기 위해 많은 이의 희생이 필요하다고 했던 설명을 믿고 있던 것이다.

그런 문주의 답에 장로들이 고개를 저었다.

"촌무지렁이들의 목숨이라면 얼마든지요. 하지만 생떼 같은 우리의 피를 흘려 얻은 강신인들은 아니지요. 강신인 수십이 덧없이 죽어 나갔단 말입니다!"

"강신인들이 덧없이 죽어 나가?"

"예. 그 강신인 하나를 얻기 위해 우리가 내어 준 무인들의 수가 열입니다. 그 피해를 딛고, 얻은 이들을 그리 허망하게 잃을 수는 없는 법입니다."

장로의 피 끓는 주장에 문주가 물었다.

"분명히 보았는가? 강신인들이 희생당하는 것을?"

"전각이 무너지고 튀어나온 계집이 강신인 수십을 처참히 죽였단 말입니다. 그건 소환을 위한 것도 아니고, 그저 놀이에 불과했단 말입니다."

장로의 주장이 사실이라면 문주도 그냥 있을 수는 없었다.

강력한 고수들을 얻을 수 있는 길이라며 휘하의 무인들을 설득했던 문주였다.

그것이 하위무인 십여 명의 목숨을 내어 주고, 강신인 하나를 얻는 것에 해남검문이 동의한 이유였다.

천 년에 가까운 시간, 해남에 갇혀 있던 것을 뚫고 뭍으로 나가고자 하는 열망이 그렇게 컸던 것이다.

자신들의 생명을 내어 주고서라도 이루고 싶은 열망이.

그러니 그 열망을 이뤄 줄 강신인들을 허망하게 잃는 것은 용납할 수 없었다.

아니 문주가 용인하려 해도 해남검문의 사람들이 용납하지 않을 것이다.

그러니 이걸 무시하면 문주라도 무사할 수 없다.

그걸 잘 아는 문주가 결국 자리에서 일어섰다.

"즉시 고수들을 모으시오!"

문주의 결정이 떨어지자 장로들은 곧바로 아직 제정신을 유지 중인 고수들과 자신들에게 배속된 강신인을 불러 모으기 시작했다.

그 수가 수백에 달했다.

그들을 직접 이끈 문주가 만사겁황이 머무는 여모봉의 정상을 향해 움직였다.

피가 덕지덕지 말라붙은 손으로 연신 고기를 집어먹던 유랑이 붉은 눈을 들어 만사겁황을 바라봤다.

"네가 날 돕겠다던 세력이 아무래도 널 부정하기로 한

거 같은데?"

유랑의 비아냥거림에 만사겁황이 비릿하게 웃었다.

"지켜보면 알게 돼. 저 세력이 누구의 것인지."

"재미있는 건가?"

"재미있게 만들어 주지. 반기를 든 놈들은 네게 던져 줄 테니까."

"산 채로?"

"당연히."

만사겁황의 답에 피 묻은 손으로 고기를 잡아가는 유랑의 입가로 섬뜩한 미소가 깃들었다.

그런 두 사람을 바라보는 제갈기연은 여전히 무색, 무감정의 눈빛을 담고 있었다.

'어차피 죽어 나갈 세상이니까.'

언제부턴가 마치 주문처럼 외우고 있던 말을 그저 속으로 되뇔 뿐이었다.

만사겁황이 자신들을 무슨 생각으로 기다리는 줄도 모른 채, 문주는 장로들과 함께 다수의 무인을 이끌고 여모봉으로 올랐다.

피칠갑을 한 유랑이 유심히 지켜보는 가운데 그런 이들의 앞으로 만사겁황이 나섰다.

"대태상. 강신인들을 저 여인에게 희생물로 넘겨주었다는 것이 사실입니까?"

따지듯 묻는 문주에게 만사겁황이 덤덤히 답했다.

"주변에 몇몇 장로들이 있더니 그 말을 들은 건가? 맞네. 그리했지."

"제겐 아무런 허락도 얻지 않은 채 말입니까?"

"내걸 내가 쓰는데 네 허락을 얻을 이유가 없었으니까."

만사겁황의 답에 눈매를 일그러트린 문주가 거칠어진 음성으로 말했다.

"대태상. 강신인들을 만드는 것에 큰 공을 세웠다는 것은 압니다. 하나 저들은 그대의 수족이 아니라 해남검문의 중요한 전력이자 가족입니다."

"뭔 헛소리야. 저것들은 내 수족이자 내가 필요할 때 쓰고 버릴 칼에 불과한데."

"갈! 감히 해남검문 무인들을 그렇게 부를 수는 없음이오!"

존대마저 빼버린 문주의 일성대갈에 만사겁황이 피식 웃었다.

"그래서 뭘 어쩌자는 건데?"

"손을 떼시오. 더는 용납하지 않겠소."

"내가 손을 떼면 강신인을 더 이상 만들지 못할 텐데?"

"상관없소. 이미 충분한 수의 강신인을 보유했으니. 그들을 이끌고 다시 뭍으로, 기름진 대륙으로 향할 것이오."

"위험한 놈들이 활개를 치고 있어. 그놈들 피해 도망 온 걸 모르진 않을 테고?"

"선을 지키면 파국은 피할 수 있을 거요. 부교주도 우리와 전면전을 벌인다는 것이 무엇을 뜻하는 줄은 알 테니까."

문주의 답에 만사겁황이 덧없이 웃었다.

"과신이 크구나. 나조차 두려워 도망 온 놈을 네 알량한 재주로 상대할 수 있다 말하다니."

"나는 대태상과 다르오!"

자신감에 찬 문주의 답에 만사겁황이 어깨를 으쓱여 보였다.

"여유만 있었다면 그냥 방치해서 네놈의 그 잘난 면상이 구겨지는 걸 구경하고 싶다만 그럴 수 없는 것이 아쉽구나."

"무슨 소리요? 설마 막아서겠다는 뜻이오?"

의심 어린 시선으로 묻는 문주에게 만사겁황이 답했다.

"그냥 두지 않겠냐고 묻는다면? 그래. 그냥 두지 않을 것이다."

만사겁황의 그 말로 둘 사이엔 건널 수 없는 강이 만들어진 셈이다.

결국 문주가 결정을 내렸다.

"해남검문의 이익에 반하는 결정을 대태상이 내렸다.

이에 문주의 권한으로 군도패주를 포함한 대태상의 모든 권위를 폐한다. 해남검문의 무인들은 만사겁황을 제압해 꿇어 앉혀라!"

문주의 명에 그의 뒤에 늘어서 있던 고수들이 일제히 움직였다.

한데.

"이, 이게 무슨 짓이냐!"

"뭐, 뭐야!

갑작스런 고성과 고함들이 난무하자 뒤를 돌아본 문주의 눈에 경악이 들어섰다.

장로들을 포함한 아직 제정신을 유지하고 있던 해남검문 고수들의 목 언저리에 함께 온 강신인들의 검이 놓여 있었기 때문이다.

뿐만 아니다.

현경에 다다른 능력을 가진 몇몇 강신인들이 천천히 검을 뽑아들며 문주에게 접근하고 있었다.

문주가 가진 자신감의 원천이었던 이들이 그에게 검을 들이댄 것이다.

그것을 믿을 수 없다는 표정으로 바라보는 문주에게 만사겁황의 음성이 들려왔다.

"물러서. 재미를 볼 사람이 기다리고 있으니까."

만사겁황의 말에 강신인들이 일제히 뒤로 물러섰다.

그러자 행동의 자유를 되찾은 이들이 문주를 중심으로 뭉쳐 들었다.

당연히 안전을 확보하기 위해 그들도 서둘러 검을 뽑아 들었다.

그런 이들을 가리키며 만사겁황이 유랑을 돌아봤다.

"자, 네게 주는 장난감이야. 본격적인 놀이 전에 잠시 재미 좀 보라고."

만사겁황의 말에 유랑이 손에 든 고기를 입에 구겨 넣고는 자리에서 일어섰다.

그런 그녀가 손을 내뻗자 칼 한 자루가 날아와 잡혔다.

아무것도 아닌 듯 쉽게 펼쳤지만 화경에서나 쓸 수 있는 허공섭물의 능력이었다.

그것만으로 유랑의 능력을 알아차릴 수 있는 것이었다.

"화경 이상의 능력자다! 경계를 늦추지 마라!"

문주의 경고에 뭉쳐있던 해남검문 무인들의 표정이 굳어졌다.

강신인들이 뒤로 빠진 이상, 그들 사이에는 화경의 고수가 단 한명도 없었기 때문이다.

그것에 긴장하는 이들을 바라보며 만사겁황이 피식 웃었다.

"화경? 그 정도에 불과했다면 애써 불러내지도 않았어."

만사겁황의 중얼거림이 끝나기 무섭게 그의 곁에 서 있던 유랑의 모습이 사라지고, 문주의 곁에 불쑥 솟아올랐다.

 그리고 그곳에서 문주의 피가 튀었다.

 더없이 붉고 선명한 붉은 색이 온 사방으로 마구 튀었다.

 순식간에 가슴 전체가 칼로 난자되어 엉망이 된 문주가 천천히 넘어가는 것을 바라보며 한 장로가 소리쳤다.

 "마, 막아!"

 뒤늦게 소리친 장로의 음성은 뒤이어 뿌려진 피에 먹혔다.

 가슴이 갈려, 내장이 뽑힌 이가 계속해서 고함을 지를 수는 없었으니까.

 그렇게 피로 물든 참경이 벌어지기 시작했다.

54장
명백한 차이

명백한 차이

 암중인의 앞에 남색 무복을 차려입은 지귀요랑이 엎어져 있었다.
 암중인이 부른 것도 아니고, 지귀요랑이 청해서 만들어진 자리였다.
 사실 팔미대사를 잡으려던 환공이 거꾸로 당한 이후, 지귀요랑이 환공의 빈자리를 대신하고 있었다.
 문제는 실력이다.
 환공이 현경이었다면 지귀요랑은 화경에 불과했으니까.
 그것을 메꿀 만한 능력이 암중인에게도 있었다.
 그도 강신인을 만들어 낼 수 있었으니까.
 만사겁황의 탈을 쓴 팔미대사 정도나 백적환을 만들어

낼 수 있는 방법을 가진 제갈기연 정도는 아니었지만 그도 가능은 했다.

문제는 화경 이상의 능력을 가진 혼백의 수였다.

그동안 수도 없는 화경 이상의 강신인들이 불려 나온 탓에 쓸 만한 혼백이 그가 쓸 수 있는 술법과 닿지 않았던 것이다.

이것은 한번 불러냈다가 죽은 이를 다시 부르는 것이 거의 불가능했기 때문이었다.

그러니 단 한 번도 불려 나온 적 없는 혼백을 찾아야 했는데 그게 거의 불가능했던 것이다.

하긴 역사적으로 화경 이상의 고수가 태어났던 것이 얼마나 된다고.

그런저런 이유로 암중인은 요사이 화경 이상의 강신인을 전혀 만들어 내지 못하고 있었다.

다시 말해 화경 이상의 고수 중 당장 쓸 수 있는 이가 지귀요랑뿐이라는 소리다.

문제는 환공을 앞세워 천외천회를 배후에서 조종하던 암중인의 입장에선 지구요랑이 한참 부족하다는 것이었다.

개인의 실력도 실력이거니와 세력도 형편없이 쪼그라들었기 때문이다.

그런 까닭에 이 형을 내보내 도움을 주려던 것인데 중

간에 틀어졌으니 다시 명을 내릴 필요가 있었다.

그럼에도 내버려 두고 있었던 것은 최근 들어 강호의 정세가 무엇을 도모하기 쉬운 형편도 아니었기 때문이다.

하여 잠시 미뤄 두고 있었던 것인데 지귀요랑은 그것을 버림받을 수도 있다는 신호로 해석했던 모양이다.

계획을 여섯 개나 세워 찾아왔으니까.

"흠……."

찬찬히 읽어 본 계획들은 하나같이 무모하여 성공 가능성이 희박한 것들이었다.

"지금 나와 도박을 하자고 찾아온 게냐?"

"그, 그것이 아니오라……."

생각과 다른 반응이었던지 당황하는 지귀요랑에게 암중인이 물었다.

"그냥 기다리기 어렵더냐?"

"그, 그것이…… 버리지 마시옵소서. 어르신!"

머리를 조아리는 지귀요랑을 바라보는 암중인의 눈빛이 무거웠다.

스스로 어려움을 해결해 나가던 환공정도의 능력을 바라진 않았지만 때를 기다릴 줄 아는 인내심조차 부족해 보였기 때문이다.

그렇게 부족한 지귀요랑을 암중인이 착잡한 시선으로

내려다보았다.

솔직히 마음 같아서는 내치고 싶었다.

하지만 현재 암중인이 움직일 수 있는 이들 중 가장 실력 좋은 이가 지귀요랑이라는 것은 변하지 않는 사실이었다.

나머지는 모두 화경에도 미치지 못했으니까.

물론 맹성과 잔수가 있었지만 그들은 천성이 홀로 움직이는 자들로, 세력을 구축하는데 쓰기엔 적당한 패가 아니었다.

또한 암중인이 휘하에 두고 있는 은천막이나 기타 다른 단체들도 마찬가지다.

그들은 세력이 커지면 대번에 암중인의 품에서 빠져나가려 애를 쓸 이들, 그런 이들의 힘을 키워 주는 것은 또다른 문제를 야기할 수 있었다.

그러니 마음에 들지 않아도 지귀요랑을 고쳐 쓰는 수밖에 없었던 것이다.

더구나 이 형을 보내 지귀요랑을 돕기로 했던 것이 틀어진 이유의 상당 부분은 암중인에게도 책임이 있기도 했고.

결국 암중인이 지귀요랑에게 말했다.

"지귀요랑."

"예. 어르신."

"세력을 모으는 것이 쉽지 않을 것이다. 환공이 팔미대사를 도모했던 것도 그래서였지. 그는 생강시를 만들어 낼 수 있었으니까."

"강시로 세력을 만들 요량이셨다는 것은 주군께 들어 알고 있었습니다."

지귀요랑이 주군이라 부르던 이는 환공이다. 팔미대사와 충돌 직후에 사라졌으니…….

"그래서 하는 말이다만 일을 도모하다 보면 네 주군을 마주할 수도 있다. 물론 살아 있는 사람은 아닐 것이다."

"생…… 강시가 되어 있을 것이라 생각하시는 것이옵니까?"

"그래."

"……."

자신의 답에 무거워진 표정으로 아무 말도 하지 못하는 지귀요랑에게 암중인이 물었다.

"죽었으되 산 사람처럼 움직일 것이다. 마치 살아 돌아온 양 행동할 수도 있다. 흔들리지 않을 자신이 있더냐?"

"수하들이 흔들릴 것이옵니다."

"그렇게 흔들릴 수하들을 휘어잡을 수 있겠느냔 말이다?"

"어르신께서 제게 힘을 실어 주신다면 해 보겠습니다."

여전히 혼자는 할 수 없다는 소리였기에 눈매를 찌푸리

면서도 암중인이 고개를 끄덕였다.

"좋다. 사람을 하나 보내 주마. 그의 도움을 받아 움직이거라. 네가 해야 할 일은……."

이후 길게 이어지는 암중인의 말에 지귀요랑의 머리가 깊숙이 숙여졌다.

"존명!"

무릎걸음으로 물러나는 지귀요랑을 바라보는 암중인의 눈빛이 어두웠다.

능력이 부족한 것을 알면서도 써야 하는 마음이 답답했기 때문이다.

* * *

백도련의 설립 이후, 강호는 명교가 꽉 움켜쥐고 있는 마도와, 사황성의 부활로 다시 안정화된 사파, 그리고 태산파가 중심이 된 백도련으로 재편되었다.

물론 산동을 중심으로 하북은 물론이고, 하남의 절반까지 움켜쥐고 있는 해남검문의 세력이 여전히 강성했고, 야율한의 경고로 움츠러들었던 종남은 백도련에 가입하지 않았으니 그들이 다시 튀어나올 수도 있었다.

한마디로 강호가 다시 소란스러워질 가능성이 존재하고 있었다는 뜻이다.

그래도 아직은 조용했다.

아직은.

종남산은 거친 기세와는 거리가 멀다. 그보다는 완연한 산세와 부드러운 경사를 가졌다.

그게 나쁘기만 한 것은 아니다. 다른 도관들이 들어선 산들보다 사람들의 진입을 수월하게 해서 찾는 이들이 많았으니까.

그 덕에 종남은 언제나 향화객들로 가득했다.

그것이 지금같이 어려운 시기에도 종남이 기근의 영향을 받지 않는 이유이기도 했다.

그렇게 북적이는 종남으로 한 명의 향화객이 들어섰다.

남색 무복에 죽립을 눌러쓴 사내였다.

향화객들이 많다는 건 각양각색의 복색을 갖춘 이들이 방문한다는 뜻이니 남색 무복에 죽립을 눌러쓴 사내의 복장도 특이할 것은 없었다.

그가 칼을 찼다지만 험한 강호를 주유하는 이들 중 맨손으로 다니는 이들은 드물다.

하물며 여행을 나선 이들조차 호신용으로 칼을 드는 경우도 적지 않았으니까.

한마디로 특별할 것이 없다는 뜻이다.

물론 무당처럼 산문 앞에 해검지를 두어 무장을 해제시

키는 도관들도 있었지만 종남은 그러지 않았다.

자신들의 권위를 위해 향화객의 자존심을 꺾는 일은 벌이지 않았기 때문이다.

안다. 무당이 해검지를 만든 이유를.

무당의 경내에서는 무력충돌은 벌어질 수 없다는 일종의 금기를 세운 것이니까.

하지만 웃기지 않나.

정작 자신들은 검을 차고 경내를 버젓이 돌아다니니.

여하간 그래서 종남은 무기를 들고 경내로 들어오는 것을 막지 않는다.

혹자는 그것이 무장한 적들이 스며드는 것을 방치하는 결과로 이어질 수 있다고 걱정하지만 그 정도는 막아 낼 수 있다는 자신감이 종남에게는 있었다.

그래서인지 칼을 차고 종남을 들락거리는 향화객의 수가 상당히 많았다.

이날도 그랬다.

다른 때와 달리 유별나게 숫자가 좀 많긴 했지만 그게 특별히 위기의식으로 다가오진 않았다.

무장한 향화객들이 경내를 출입하는 것이 특별한 일은 아니었기 때문이다.

그렇다 보니 경계가 높아지거나 경비무사의 수가 늘어나는 등의 조치는 취해지지 않았다.

그런 상황에서 남색 무복의 사내가 죽립을 벗어 던졌다.

마치 그것이 신호인양 수많은 향화객들 사이에서 무장한 이들이 동시에 칼을 뽑아들고 신형을 날렸다.

방향은 종남의 내원 쪽이다.

비로소 문제가 생겼다고 판단한 종남의 경비무사들이 대응하고 일부가 비상종을 치기 위해 달렸다.

하지만…….

"커헉!"

종을 치기 위해 달려가던 종남의 제자들은 종루에는 도달하지도 못한 채 목이 베어졌다.

그로 인해 위급상황이 전파되지 않은 상태에서 습격자들이 내원으로 파고들었다.

곧바로 피가 튀고, 싸움이 벌어졌다.

아무리 비상종 소리가 없었다지만 공기가 달라지고, 살기가 퍼져나가는 것을 고수들이 모를 수 없었기 때문이다.

종남의 고수들이 저마다 무기를 들고 뛰쳐나오는 가운데, 내원에 기거하던 종남의 제자들이 갑작스런 적의 공격을 막아 내고 있었다.

내원에 기거하는 제자들은 모두가 일대제자 이상이다.

실력이 낮지 않다는 뜻이다.

그런 까닭에 싸움이 벌어졌지만 일거에 밀리는 일은 벌

어지지 않았다.

 첨예하게 맞붙은 이들 사이에서 파열음이 튀어나온 것은 죽립을 벗어던진 남색 무복의 사내가 천천히 걸어 내원으로 들어선 이후였다.

 그의 손에 들린 검에 파란 광채가 뿜어져 나왔던 것이다.

 "거, 검강! 화경의 고수다. 주의하라!"

 종남이 얼마 전, 중원을 질타할 수 있게 만들어 주었던 고수들을 지금은 가지고 있지 않았다.

 일부는 야율한의 손에 끝장나거나 끌려갔고, 나머지는 종남이 움츠러들자 해남검문이 거둬 간 까닭이다.

 한마디로 화경 이상의 고수가 당금의 종남에는 단 한 명도 없다는 소리였다.

 그것이 결정적이었다.

 종남의 장로급 고수들이 여기저기서 쓰러지기 시작했다.

 모두가 검강을 뿜어낸 남색 무복의 사내에 의해서였다.

 그걸 바라보는 종남 장문인의 눈에서 피눈물이 흘렀다.

 자신의 욕심으로 금화장 혈사에서 잃은 벽운천강이 한없이 아쉬운 상황이었기 때문이다.

 화경에 올랐던 벽운천강만 있었다면 지금 같은 일은 당하지 않았을 테니까.

그 후회와 분노를 담아 장문인이 고함을 질렀다.
"이노옴!"
버럭 소리를 지르며 장문인이 남색 무복의 사내에게 달려들었다.
의기와 기세는 좋았지만 실력은 그에 미치지 못했다.
하긴 대부분의 구파가 그렇듯이 종남도 실력만으로 장문인을 뽑는 건 아니었으니까.
"커헉!"
받은 신음과 함께 비척이며 물러서는 장문인의 앞섶이 길게 잘려 있었다.
그 모습으로 남색 무복의 사내를 망연자실하게 바라보는 장문인의 상체에서 피가 뿜어져 나왔다.
양과 세기가 절대로 살아 있을 수 없는 모습이었다.
아니나 다를까.
털썩.
쓰러진 장문인은 다시 일어서지 못했다.
그렇게 쓰러진 장문인의 눈동자엔 자신처럼 죽어 나자빠지는 종남 고수들의 모습이 투영되고 있었다.
주르륵.
많은 의미를 담은 눈물이 생기를 잃어가는 장문인의 눈가를 타고 흘렀다.
며칠 후, 종남에서 발표가 나왔다.

외적의 침습으로 큰 곤욕을 치렀으나 간신히 막아 내었다고 말이다.

당시 종남에 있었던 수많은 향화객의 증언이 더해진 까닭에 그 발표는 사실로 받아들여졌다.

장문인과 다수의 장로가 혈사의 와중에 사망했다는 종남의 상황을 확인하는 곳이 아무도 없었다.

그나마 무림맹의 후신이라 평가되는 백도련조차도 가입 문파가 아니라는 명분으로 확인은커녕 위로 사절조차 보내지 않았으니까.

그것을 무당이 아쉬워했지만 그들도 움직이지 않았다.

백도련 설립 초기였다.

태산파와 적지 않은 분란을 겪은 것을 모두가 아는 상황에서 무당이 다시 백도련을 이끌고 있는 태산파의 결정과 다른 행보를 보이는 것은 백도의 안정을 위해 좋을 것이 없다는 내부의견이 많았기 때문이다.

그렇게 백도련조차 관심을 주지 않았기 때문에 당시 종남의 상황을 파악하는 곳은 단 한 곳도 없었다.

하긴 사파나 마도가 백도문파인 종남의 횡액이 사실인지 아닌지를 확인할 이유는 없었으니까.

그저 이런 일이 벌어졌다 정도의 정보보고만으로도 충분했던 것이다.

그것은 명교도 다르지 않았다.

이지원주의 보고로 종남에서 벌어진 일을 알게 된 교주도, 부원주의 보고를 받은 야율한도 그저 고개를 끄덕이는 것으로 끝났으니까 말이다.

하지만 이 당시 종남은 꽤나 충격적인 상황에 처해 있었다.

대다수의 종남 고수들과 중요 인사들이 살해된 상태임에도 종남이 제대로 돌아가고 있었다.

물론 종남의 무복을 입고 경내를 돌아다니는 제자들도 평소와 다름없이 많았지만 그들은 누구도 이전의 종남 제자들이 아니었다.

무복은 종남의 것이었지만 입고 있는 이들은 종남의 제자가 아니었기 때문이다.

하긴 일대제자 이하 숱한 종남의 제자들이 지난날 벌어진 혈사로 대부분 죽임을 당했으니까.

하지만 향화객들의 눈에는 그들이 그들 같았다.

눈에 익은 접객도사들이 아니었지만 여전히 친절했고, 지난 혈사에서 화를 당했다는 이야기엔 죽은 접객도사들의 명복을 비는 것으로 향화객들의 뇌리에서 잊혀져 버렸기 때문이다.

그렇게 종남이 정체를 알 수 없는 이들의 손에 넘어갔다.

모든 이를 그렇게 속이는가 싶었던 일에 파탄이 드러날

위기에 처한 것은 속가제자들이 방문한 까닭이었다.

사문에서 벌어졌던 흉사에 놀라 황급히 달려온 속가제자들의 눈엔 난생 처음 보는 이들이 종남을 차지하고 앉아 있었으니까.

* * *

"누구…… 십니까?"

종남의 속가장문을 맡고 있던 갈상문의 물음에 장문인이랍시고 나와 있던 남색 무복의 사내가 답했다.

"도요일세."

"도요…… 처음 듣는 도명입니다만."

"내 비밀리에 감춰져 있던 이라 그러하다네."

"비밀리에……."

소림엔 내소림이 있고, 무당엔 외무당이 존재한다.

그런 기밀 조직이 종남에도 있다는 뜻인데, 소문은 둘째 치고 속가 장문이라는 결코 얕지 않은 임무를 맡고 있던 갈상문조차 들어본 적이 없다.

그렇다고 완전히 거짓이라고 말할 수도 없는 것이 장로 중 한 명인 만상진인이 버젓이 살아남아 곁에 있었기 때문이다.

만상진인은 혈사의 와중에 죽었다고 알려진 전대 장문

인의 사제였다.

그런 그가 도요란 생소한 도명의 신임 장문인의 신분을 보증했던 것이다.

문제는 눈에 익은 이라고는 만상진인 하나뿐이라는 것이었다.

"다른 이들은 어찌…… 전혀 보이질 않는 것입니까?"

갈상문의 물음에 자신을 도요라 소개한 신인 장문인이 답했다.

"우리가 너무 늦었네. 비상을 알리는 타종 소리에 달려왔지만 이미 거의 모든 제자가 흉수들의 손에 운명을 달리 한 뒤여서…… 장문인조차 내게 종남의 미래를 부탁하고는 절명하셨으니 말해 무얼 할까."

도요의 답에 갈상문은 아무 말도 하지 못했다.

무언가 깔끔하진 않았지만 설명에는 전혀 흠을 잡을 수 없었기 때문이다.

그리고 여전히 고개를 끄덕이는 만상진인도 있었고.

그날, 도요라는 신임 장문인은 걱정하지 말고 돌아가라는 말을 남기고 거처로 들어갔다.

일종의 축객령을 받은 셈인데 속가제자들은 그대로 물러나지 않았다.

그들은 객사에서 밤을 지내며 사태를 어찌 수습할지 의견을 나누기로 했던 것이다.

그걸 처음 입 밖으로 꺼냈던 것은 갈상문이지만 다른 속가제자들이 두말없이 따른 걸로 보아선 그들도 무언가 꺼림칙했던 것이다.

아니나 다를까, 저녁 식사 후에 모여든 속가제자들 사이에서 그 문제가 가장 먼저 거론되었다.

"만상진인 장로 외에는 누구도 본적이 없는 이들뿐입니다. 정말 저들이 우리 종남의 제자인지조차 모르겠단 말입니다."

한 속가제자의 말에 여기저기서 고개를 끄덕이는 이들이 많았다.

그런 이들 속에서 한 속가제자가 나섰다.

"기밀 조직이었다지만 수가 너무 많습니다. 지금 사문의 경내에 돌아다니는 제자들의 수가 물경 수백입니다. 그들 모두가 기밀 조직의 제자들이라는 소린데, 가능한 이야기인지 모르겠습니다."

이번에도 속가제자들의 고개가 끄덕여졌다.

내소림도, 외무당도 겨우 수십에 불과했다.

하물며 소림이나 무당보다 세력이 작은 종남이, 기밀조직으로 수백의 제자를 감춰 두었다는 것은 설명하기 어려웠다.

숨겨진 기밀조직의 제자는 드러난 기명 제자들보다 강한 것이 상리다.

다시 말해 지금 종남의 경내를 배회하는 수백의 무인이 이번 혈사로 죽은 종남의 제자들보다 강하다는 뜻이다.

그 많은 이를 감춰 둘 만큼 종남의 고수 층은 두텁지 않았다.

당장 쓸 고수의 수가 적은데, 언제 벌어질지도 모를 만약에 대비해 저 많은 고수를 숨겨 두었다?

이치에도 맞지 않았던 것이다.

그걸 지적하는 속가제자들의 수가 많았다.

그렇게 자신만큼이나 의문을 깊게 가진 속가제자들을 확인한 갈상문이 나섰다.

"나 또한 여러분과 마찬가지의 의문을 가지고 있습니다. 해서 내일 나는 신임 장문이라는 분께 한 가지 청을 드리고자 합니다."

"무슨 청을 하실 요량이십니까?"

속가제자들 사이에서 나온 질문에 갈상문이 답했다.

"세상으로 나온 기밀 제자들과 우리 속가제자들 간의 비무를 요청할 생각입니다."

추가적인 설명이 없었지만 그 말만으로도 속가제자들은 갈상문의 속내를 알아차렸다.

"무공! 그렇군요. 저들이 종남의 제자라면 종남의 무공을 쓸 테니까!"

"맞습니다. 비무를 통해 저들의 무공을 확인하면 증명

이 이루어지리라 판단합니다."

갈상문의 말에 속가제자들이 일제히 동의를 표했다.

그렇게 속가제자들의 대책이 수립되고 있었다.

다음 날, 갈상문이 속가 장문인의 이름으로 요청한 독대가 신임 장문인에게 받아들여졌다.

그 덕에 도요란 신임 장문인과 마주한 갈상문은 어젯밤 속가제자들 사이에서 논의된 사항을 전달할 수 있었다.

그 이야기를 모두 들은 도요가 물었다.

"비무대회를 열자는 말입니까? 수많은 제자가 죽은 지금에요?"

"그러니 더 열어야 한다는 것입니다. 비무대회를 열어 우리 종남이 건재함을 알리는 것이 필요하다 판단되기 때문입니다."

"종남의 건재를 알리자라……."

갈상문의 말을 되뇌던 도요가 고개를 끄덕였다.

"그리합시다. 다만 기왕 종남의 건재를 알리는 것 조금 판을 키워 보죠."

"판을 키운다 하심은……?"

"강호의 명숙들을 초빙해 봅시다. 백도련에 초정장을 보냅시다."

외부에 초정장을 보내고, 그들이 그것에 응하여 종남으로 오자면 시간이 필요했다.

결코 며칠 또는 몇 주야로 해결될 일이 아니란 소리다.

'시간 벌기?'

의문이 들어서는 갈상문에게 도요가 물었다.

"어떻게 생각하시나요? 종남의 건재를 과시하자면 그걸 보아 줄 사람들이 필요치 않나 싶습니다만?"

명분이 있는 말이었다.

그렇기에 갈상문은 거부할 수 없었다.

"그렇게 하시지요."

동의하는 갈상문의 눈빛이 깊었다. 그도 그냥 당하지만은 않겠다는 의지가 서린 눈빛이었던 것이다.

그런 갈상문을 바라보며 도요는 빙긋이 웃었다.

'네놈이 그래 봐야 별수 없을 것이다.'

서로가 다른 생각을 하는 두 사람이었다.

종남 신임 장문인의 이름으로 백도련을 향해 전서구가 날았다.

그렇게 날아간 전서구에 실린 내용대로면 종남의 기밀제자들과 속가제자들 사이의 비무대회는 석 달 후였다.

그 시간을 벌기 위한 꼼수라는 것이 속가제자들의 판단이었다.

그런 속가제자들에게 갈상문이 말했다.

"적지 않은 시간이긴 하지만 그 정도로는 종남의 무공을 깊게 수련하기 어렵소."

"하나 석검이 철검을 이기기 어려운 법. 저들의 실력이 우리보다 윗줄이라면 수박 겉핥기식으로 배운 종남의 무공으로도 우리를 누를 수도 있음입니다."

속가제자들 사이에서 나온 우려에 여기저기 고개를 끄덕이는 이들이 많았다.

그것엔 갈상문도 동의했다.

"그래서 한 가지 방책을 구하고자 하오."

"방책이라니요? 그리 부를 만한 대책이 있습니까?"

"실은……."

그 뒤로 길게 이어지는 갈상문의 이야기에 속가제자들의 눈이 커졌다.

개중에는 격렬하게 반대하는 이들도 있을 정도였으니 갈상문이 거론한 방법이 정도는 아닌 것이 분명했다.

그럼에도 달리 방법이 없다는 것에 동의하는 이들이 많아서였는지 갈상문의 방책은 그대로 시행하기로 결정되었다.

그날의 결정을 담은 전서를 품고, 갈상문의 제자 하나가 급히 종남을 벗어나 서쪽으로 달렸다.

그렇게 종남을 떠나는 속가제자의 존재를 도요도 보고받았지만 그는 그냥 두었다.

추가적으로 속가제자들을 불러들이려는 것으로 판단했기 때문이다.

종남에 들어와 있는 속가제자들의 수가 경내에 있는 기밀 제자들의 수보다 적었으니까.

하지만 도요는 크게 걱정하지 않았다.

종남의 속가제자들 따위, 수백이 더 늘어나도 겁날 게 없었으니까.

어르신이 보내 주마 했던 이가 드디어 도착했기 때문이다.

장문인의 수신호위로 위장한 그가 도요의 곁으로 다가섰다.

-일을 요란하게 하는구나.

상대의 전음에 도요가 씨익 웃었다.

-때론 요란한 것이 부족함을 덮어 주니까요.

-그런가? 하지만 불필요한 시선을 불러들이는 일이 되기도 하지. 그것에 주의해야 할 것이다.

-명심하겠습니다. 그나저나 제가 어찌 부르면 되겠습니까?

도요의 물음에 수신호위로 위장한 이가 답했다.

-주군께선 날 맹성이라 부른다. 네놈은 맹군이라 칭하라.

상대, 맹성의 전음에 도요가 고개를 조심히 저었다.

-송구하지만 수신호위를 그리 부를 수는 없질 않겠습니까?

하긴 자신의 안위를 지키는 수하에게 '군' 따위의 극존칭을 붙여 부르진 않으니까.

-그럼 뭐라 부르고 싶은 게냐?

-괜찮으시다면 맹 호위라 부르겠습니다.

-맹 호위? 별 거지같은…… 하긴 도요라는 웃기지도 않는 도명을 만들어 쓸 때부터 지귀요랑, 네놈의 형편없는 작명실력은 알아보긴 했다만.

그랬다.

남색 무복을 입은 신임 장문인 도요는 지난 날, 종남을 피로 채운 지귀요랑이었던 것이다.

도요라는 도명도, 지귀요랑의 요자를 따와 지은 것에 불과했다.

그걸 간파하고 투덜거리는 맹성에게 지귀요랑, 아니 도요가 물었다.

-하면 달리 생각하시는 호칭이라도 있으십니까?

도요의 그 물음에 결국 맹성의 입이 다물렸다.

마땅한 호칭이 떠오르지 않았기 때문이었다.

결국 그날부터 맹성은 맹 호위라고 불리기 시작했다.

시간은 꽤 빠르게 흘러간다.

백도련에서 종남의 초청을 받아들인다는 전서가 날아온 것은 비무대회가 결정된 지 보름째 되는 날이었다.

그 전서 소식이 전해지자 무언가를 준비하는 속가제자

들의 움직임도 분주해졌다.

그걸 지켜보는 도요의 곁으로 맹 호위가 다가섰다.

―준비는 잘 되어 가고 있는 게냐?

―장서각을 열어 종남의 비급들을 닥치는 대로 풀어 수련시키고 있습니다.

―그걸로 비무가 되겠어? 그래 봐야 겨우 두어 달 연공한 것일 뿐인데.

―외형을 종남의 것으로 포장하고, 알맹이는 각자의 성명무공으로 가야겠죠.

―덜떨어진 종남의 속가제자들뿐이라면 모르겠다만 백도련의 고수가 참여하면 들통 날 수도 있다.

―그 정도는 속여 넘길 수 있도록 수련을 시킬 생각입니다.

―무당의 진무관주가 나서면? 그의 눈을 속이기는 쉽지 않을 텐데?

"최근 들어 시절이 어수선합니다. 요사이 상당수의 해남검문 무사들이 산동으로 들어왔다는 소문도 돌고. 그런 시기에 진무관주가 무당을 벗어나긴 어려울 겁니다."

"확신해?"

"제 예측으로는…… 예. 그렇습니다."

"틀리면 다 망치는 거야."

"아닐 겁니다."

"무슨 대비책이라도 있는 거야?"

맹 호위의 물음에 빙긋이 웃은 도요가 전음으로 답해왔다.

-우리에겐 맹 호위가 있으니까요.

-나보고 막으란 소리야?

-진무관주가 화경이라고는 하나 맹 호위께선 현경이시니까요.

도요의 답에 맹 호위의 눈매가 차갑게 가라앉았다.

-네놈, 날 잘 아는구나?

-주군께 귀가 따갑게 들었었죠. 어르신의 곁에 날카로운 칼 두 개가 있으니 하나는 잔수라 부르고, 또 하나는 맹성이라 칭한다.

-환공이 쓸데없는 이야길 주절거렸던 모양이구나.

-쓸데없는 소리는 아니었습니다. 맹 호위의 능력을 높이 사시는 말씀들뿐이었으니까요.

암중인의 휘하 중 가장 강력한 이가 바로 환공과 맹성이었다.

물론 두 사람을 간단히 찜 쪄 먹을 정도로 뛰어난 이 형이란 존재가 있었지만 그는 언제나 논외의 대상이었으니까.

그런 까닭에 환공과 맹성, 두 사람은 경쟁관계를 이루었다.

주군의 오른팔이 누군가 하는 것으로 말이다.

주군의 곁은 맹성이 지켰지만 대외적인 활동은 환공이 도맡아했다.

그로 인해 공로로만 따진다면 맹성은 환공을 따를 수 없을 정도였다.

그래서 환공이 실종되었다는 소리를 들었을 때 맹성이 속으로 얼마나 쾌재를 불렀는지 모른다.

그만큼 사이가 나빴다는 뜻이다.

한데 그런 환공이 심복인 지귀요랑, 그러니까 도요에게 경쟁상대인 맹성의 능력을 칭찬했다니 믿기 어려웠던 것이다.

그런 맹성에게 도요가 말했다.

—주군은 잔수는 사람을 베고, 맹성은 세력을 부순다 하였지요. 소 잡는 칼로 닭을 잡아 주십사 청하는 꼴이라는 걸 압니다만, 만에 하나 진무관주가 나선다면 부탁드리겠습니다.

잔뜩 띄워 준 후 하는 부탁이었다.

그걸 맹성은 거부할 수 없었다.

—네놈도 환공만큼이나 혓바닥이 기름져.

맹성의 말이 승낙과 다름없다는 것을 알기에 도요의 눈이 반달을 그렸다.

하지만 이들은 알지 못했다.

진무관주는 아무것도 아니게 만들 수 있는 자가 개입하기 직전이었다는 것을.

* * *

야율한이 서신 하나를 앞에 두고 고심하고 있었다.

고심하는 이유는 내용도 내용이었지만 발신인의 정체 때문이었다.

"종남 속가장문인이라……."

더구나 서신을 보내는 것엔 종남의 속가제자들이 모두 동의했다고 쓰여 있었다.

결국 본문을 믿지 못하는 속가제자들의 반란 같은 것이랄까?

그러한 일에 야율한의 힘을 보태 달라 청하고 있었던 것이다.

그 얼토당토않은 요청에 야율한이 고심하는 이유는 종남의 속가제자들이 본문에 반기를 든 이유 때문이었다.

〈처음 보는 이들로, 누구 하나 이전에 알지 못하던 이들입니다. 더구나 그 수가 수백을 넘으니 기밀 조직이었다는 주장도 믿기 어렵습니다.〉

어깨너머로 슬쩍 그 서신을 읽은 철마가 '백도놈들끼리 치고받는 일인데 그냥 두시죠'라고 말했듯이 백도 내부의 문제였다.

 신경을 끊으면 좋을 텐데, 적힌 이야기들이 그를 자극하고 있었다.

 〈부교주께서 주저앉힌 종남입니다. 그것을 종남의 약화라 판단한 외부 세력이 벌인 흉계로 일어난 일이라면 부교주께 그 책임이 없다 하지 못할 것입니다.〉

 억지다.

 그렇게 따지면 승자는 모든 패자에 대한 무한 책임을 짊어지어야 하니까.

 그걸 알면서도 서신을 구겨 버리지 못했던 것은…….

 〈간절한 마음으로 어쭙잖은 책임 운운까지 해 가며 이 서신을 씁니다. 부교주께서 우릴 무림의 동도라 생각한다면 도와주실 것이라 믿으며 말입니다.〉

 얼마나 기댈 곳이 없었으면 적이었던 명교로 이런 서신을 보낼까 싶었던 것이다.

 자고로 절박한 이는 내치는 것이 아니라 하였다.

 더구나 종남 속가제자들의 주장이 사실이라면 무림의 환란이 다시금 싹을 띄울 수도 있는 일이기도 했다.

 조용한 무림을 원하는 부교주의 입장에선 방치할 수만도 없는 일이었던 것이다.

 결국 고민하던 야율한이 결심을 굳히고 자리에서 일어섰다.

아직 시간이 있으니 종남으로 곧바로 출발하려던 것은 아니었고, 교주에게 자신의 외유를 허락받기 위해서였다.

* * *

교주는 야율한이 내민 전서를 모두 읽고는 시큰둥한 반응이었다.

"굳이 갈 필요가 있겠냐?"

"이 서신에 적힌 대로 외부 인사들이 위장해 스며든 것이라면 종남이 강호 파란의 시발점이 될 수도 있습니다."

"우리가 사는 세상은 강호다. 파란이 끊임없이 일어나는 곳이지. 종남에서 그런 일이 시작된다고 특별할 것이 없다는 소리지."

"그래도 막을 수 있는 일을 굳이 곪아 터트릴 필요는 없질 않겠습니까?"

뜻을 굽히지 않는 야율한의 모습에 교주가 그를 지그시 바라봤다.

"말하는 모양새를 보아하니 내가 뭐라 해도 나갔다 올 생각인 모양이구나."

"죄송합니다."

고개를 숙이는 야율한을 교주가 물끄러미 바라봤다.

"모두를 다 책임질 수는 없는 법이다."

"압니다. 하지만 종남에 제가 손을 대었던 것도 부정할 수는 없는 것이니까요."

야율한의 뜻이 확고하다는 것을 알아차린 교주가 결국 고개를 끄덕였다.

"알았다. 네 뜻이 그렇다면. 다만 홀로 움직이지는 말아라."

조건부 허락인 셈이었다. 그런 교주의 말에 야율한이 고개를 숙였다.

"철마를 데리고 다녀오겠습니다."

"파극도 함께 데려가라."

교주의 걱정을 알기에 야율한은 두말없이 고개를 끄덕였다.

"알겠습니다. 그 둘을 데리고 다녀오겠습니다."

"그래. 대신 정말 백도놈들 사이의 분쟁이라면 그냥 오는……."

"거참! 부교주가 애냐. 잔소리가 아주……."

갑작스레 끼어든 음성은 교주전 기둥에 삐딱하니 기대에 서 있는 이 형의 것이었다.

그런 그에게 교주가 와락 표정을 구겨 보였다.

"지금은 교내의 공식적인 업무를……."

"그 말! 설마 내가 외인이다, 그런 말이야!"

대번에 눈에 쌍심지를 켜고 달려들듯 대드는 이 형에게 교주가 아차 싶은 표정을 지었다.

"누, 누가 그렇데! 공식적인 업무 중이니까 입 좀 닥치고 있으라는 소리지!"

"어지간해야 닥치고 있지. 조금만 더 두면 부교주 귀에서 피가 나올 거 같아서 그랬다. 왜?"

"저거 저거, 명교에 정식으로 가입했다는 놈이 교주한테 말하는 본새하고는!"

정말이다.

이 형은 명교에 정식으로 가입했다.

기본 수련도 거쳤다.

물론 겨우 나흘일 뿐이었지만.

그렇다고 그걸 트집 잡지도 못한다.

수련 과정을 입소 단 하루 만에 모조리 돌파한 이후, 교관들을 괴롭혀 댄 탓에 교련전이 자의로 조기 수료 시켜 버렸기 때문이다.

수련 과정을 돌파한 후, 겨우 사흘에 불과했지만 어찌나 교관들을 괴롭혔는지 교련전주가 조기 수료에 대한 재가를 교주에게 청하러 와서 한 첫마디가 '살려 주십시오'였을까.

여하간 그렇게 소란스러운 과정을 거쳤다지만 교주의 허락에, 장로원의 추인까지 거쳐 정식 명교의 무인이 되었다는 것은 부정할 수 없었다.

그런 이 형이 입을 삐죽였다.

"꼰대!"

그 말만 툭 던져놓고 나가는 이 형을 교주가 버럭 소리치며 따라나섰다.

"야!"

그렇게 아옹다옹하며 교주전을 나서는 두 사람을 바라보며 야율한이 희미하게 웃었다.

저렇게 매사 다투고 있었지만 제법 죽이 잘 맞는 두 사람이었다.

서로의 비무와 논검을 두 사람 모두 꽤나 좋아했기 때문이다. 적혈검대주가 샘이 날 정도라던가?

하긴 요사이 교주는 야율한과의 비무보다 이 형과의 비무에 더 많은 시간을 할애할 정도였다.

그렇다 보니 야율한도 이 형과의 비무 시간이 늘어났다.

교주가 '나는 오전에 많이 했으니 오후엔 네가 해'라는 일종의 양보를 해 준 덕이었다.

아마도 교주는 자신보다 실력이 좋은 이 형을 통해 야율한이 조금이라도 더 빨리, 더 많이 발전하길 바라는 눈치였다.

그것 또한 교주가 사제인 야율한에게 베푸는 일종의 배

려인 셈이었다.

아! 하다 보니 이야기가 옆길로 샜다.

여하간 교주와 이 형, 두 사람은 초기의 걱정과 달리 꽤나 잘 지내고 있었다.

인근 도시로 몰래 술 마시러 나갈 정도로 말이다.

새벽에 술에 취해 낄낄거리며 들어오는 걸 야율한에게 걸린 게 한두 번이 아니었던 것이다.

하긴 그 두 사람이 교내를 벗어나는 것을 기감으로 알아차렸으면서도 야율한은 말리지 않았었으니까.

그런 일들을 교주가 정말로 즐거워 한다는 것을 야율한이 알아차린 까닭이었다.

여하간 그렇게 두 사람이 사라지자 야율한은 이내 자신의 거처로 돌아왔다.

혼자 가는 것이라면 당일 날, 아침에 움직여도 상관없겠지만 파극과 철마를 대동하자면 시일을 두고 움직여야 했기 때문이다.

그에 따라 닷새 전에 출발하기로 결정한 야율한이 철마와 파극에게 외유에 대해 통보했다.

야율한의 전갈을 받은 두 사람은 모처럼의 외출임에도 시큰둥했다.

한창 열을 올리고 있는 수련에 방해가 된다는 생각 때문이었다.

그런 두 사람에게 야율한이 말했다.

"실전이 발생할지도 모르겠습니다."

야율한의 그 말에 파극과 철마가 태도를 바꿔 의욕을 불태웠다.

그만큼 명교의 무인들이 실전에 목말라 있다는 반증이었다.

하긴 아무리 실전을 방불케 하는 비무일지라도 비무는 비무였으니까.

얼마 후, 예정된 시간이 되자 파극과 철마를 대동한 야율한이 명교를 떠났다.

그렇게 멀어져 가는 야율한을 걱정어린 시선으로 바라보는 교주에게 이 형이 핀잔을 주었다.

"애냐! 잘할 거야."

"그렇긴 하겠지만……."

여전히 걱정이 가시지 않는 표정인 교주의 모습에 이 형이 작게 속삭였다.

"그렇게 걱정되면 조용히 따라가 보던지?"

이 형의 그 말에 반색하는 교주가 물었다.

"그래도 될까?"

"어차피 목적지는 아는 거니까, 당일 날 멀찍이 떨어져 지켜만 보는 거면 상관없지 않을까?"

이 형의 말을 가만히 생각해 보던 교주의 고개가 끄덕

여겼다.

"좋았어!"

교주의 결정에 이 형이 말했다.

"묘시초(卯時初:오전 5)에 출발하자."

"너도 가게?"

"당연하지. 그럼 재미를 혼자 보려고 그랬어?"

이 형의 반문에 교주는 쓰게 웃고 말았다. 그렇게 교주와 이 형의 외출이 아무도 모르게 결정되고 있었다.

* * *

종남은 연일 새로 찾아오는 손님들로 북새통을 이루고 있었다.

어찌나 많은 이가 찾아왔는지 사전에 준비했던 객사가 모자라 비무대회가 열리지 않는 모든 연무장에 천막을 쳐야 했을 정도였다.

그 말은 초청장을 받은 이들보다 더 많은 인원이 찾아왔다는 뜻이었다.

혼란스러운 시기였다.

이럴 때일수록 뭉치려는 욕구가 많아지는 것은 사필귀정이다.

그렇다고 일일이 찾아다니며 동맹을 구걸할 수는 없는

노릇, 이번처럼 많은 이가 모이는 곳에서 힘을 실어 줄 동맹을 찾기가 수월할 것이기에 초청장을 받지 못한 이들도 대거 종남으로 모여들었던 것이다.

방문자들은 그렇다 치고, 종남을 장악한 요도가 그렇게 초청장도 없이 무조건 찾아온 이들을 모두 받아들인 이유는 만천하에 새로운 종남의 주인으로 인정받기 위해서였다.

속가제자들도 예정보다 많은 인원이 방문하는 것이 나쁠 게 없다고 판단했다.

사람이 늘어났다는 것은 보는 눈이 그만큼 더 늘어났다는 뜻이니까.

문제는 그 수준이었다.

이름하여 무림의 명숙이라 불릴만한 고수들의 수가 극히 적었던 것이다.

백도련에서 보내온 대표조차 기대치를 밑돌았다.

백도련의 중심을 맡고 있는 태산파의 장로여서 신분은 맞췄지만 무공 실력은 그렇지 못했기 때문이다.

하긴 창고를 관리하기 위해 속가에서 배출한 상인 중 한 명을 장로에 임명한 것이었으니까.

백도련의 중심이 된 지금 말고, 힘이 모자라 연일 세가 줄어가던 때의 태산파는 들어오는 것보다 나가는 것이 더 많았다.

그 차이를 메워 줄 수 있을 정도로 성공한 상인을 찾은 것이기에 한때 강호에선 태산파가 장로직을 팔아먹었다는 소리가 돌기도 했다.

물론 지금은 아니다.

지금은 백도의 새로운 구심점인 백도련의 련주를 배출하며 중심문파로 부상한 덕에 대기근이 이어지는 와중에도 막대한 곡물과 패물이 태산파의 창고에 쌓이고 있었으니까.

그로 인해 고각(庫角) 장로라 불리는 해당 장로의 입김은 다른 그 어떤 때보다 강해져 있었다.

물론 그렇게 발언권이 커졌다고 고각 장로를 보낸 것은 아니었다.

사실 태산파도 그렇고, 백도련에 속한 대부분의 문파는 극심한 고수 부족 사태에 시달리고 있었다.

무림맹 시절, 크고 작은 싸움을 일으켜 다수의 고수들이 절명한 까닭이다.

백도의 숙적인 명교와의 싸움만이 아니라, 같은 백도였던 청성과의 싸움마저 벌였었으니까.

각 문파들은 그때 죽어 나간 고수들의 빈자리를 좀처럼 채워 넣을 수 없었던 것이다.

거기에다 멸문당한 소림을 비롯해 본산을 습격 받는 문파들이 심심치 않게 나오는 극도의 혼란기라는 점이 크게 작용했다.

 다시 말해 유사시에 대비해 쓸만한 고수들은 모조리 본산에 대기 시켜놓았다는 뜻이다.

 오죽하면 후기지수들이 의례적으로 실시하는 강호행을 금지시켰을 정도다.

 이미 나가 있는 이들조차 불러들였다.

 아직 완성되지 못한 후기지수들마저 중요한 전력이 될 만큼 모든 문파가 인적 부족에 시달리고 있었던 것이다.

 물론 가장 중요한 것은 강호행에 나선 후기지수들을 보호하고, 지도할 겸 따라붙는 장로급 고수가 절실했던 것이었지만.

 그렇게 백도의 각 문파들이 강호행을 금지시키면서 강호 전반적으로 해를 입히는 악인들의 수가 늘어나고 있는 추세였다.

* * *

 강호에 악인의 수가 늘어나고 있는 가장 큰 이유는 백도가 흔들리면서 기존의 질서가 무너진 탓이었다.

 그 틈바구니에서 악인들에 대한 정화장치의 역할을 톡톡히 해내고 있던 것이 바로 백도 문파들의 강호행이다.

 애초의 목적은 후기지수들에게 강호의 풍물과 현실을

일깨워 주기 위한 것이었지만 그 와중에 각지의 악인들을 징치하는 일이 병행된다.

세간에 유행하는 강호협사의 이야기들은 대부분 그렇게 강호행에서 만들어지는 것이었으니까.

강호 초출인 후기지수만으로 이루어지는 강호행이었다면 그 효과가 미비했겠지만 강호행엔 후기지수들을 보호하고, 가르치기 위해 함께 하는 장로급 고수들이 있었으니까.

그들의 힘은 결코 가볍지 않았다.

덕분에 흔들리는 백도로 인해 횡행하는 악인들의 정화 역할을 충실히 수행해 오던 강호행이었다.

그것이 불현듯 중단된 것이다.

흔히 악도라 불리는 뒷골목 파락호들이 설치기에 가장 좋은 환경이 조성된 것이다.

그들의 행패가 어찌나 심했던지 요즘 백성들 사이에 무림인들의 인식이 최악을 구가하고 있었다.

백성들의 눈엔 정사마가 달리 보이지 않았고, 정통 무인들과 뒷골목 파락호들의 구별도 불가능했기 때문이다.

그렇다 보니 요사이 저자에선 일단 칼 찬 이들을 보면 무조건 피하라는 이야기가 나돌고 있을 정도였다.

세간의 평이 그 정도로 나빠졌으니 백성들의 기부나 거래로 이득을 얻는 무림 문파의 소득이 온전할 리 없다.

가뜩이나 흉년과 기근으로 어려웠던 무림문파들의 소득이 더 줄어든 것이다.

더구나 살아남는 이가 강자라는 말이 현실화되고 있는 혼란의 시기였다.

결국 살아남고자 다른 문파를 습격하는 일들이 여기저기서 벌어졌다.

청성 사태 이후, 백도는 백도를 공격하지 않는다는 불문율도 깨진 탓에 그 혼란은 생각보다 극심했다.

그 혼란의 와중에서 살아남기 위해 부족한 힘을 보완해 줄 동맹을 찾고자 하는 이들이 부쩍 많아졌다.

그것이 초청장도 없이 종남으로 수많은 소문파가 몰려든 이유였다.

많은 문파가 모이는 곳에서 자신들의 동맹을 조금 더 수월하게 찾고자 했던 것이다.

그런 목적에 무작정 종남을 찾아온 소문파들조차 고수를 보낼 수가 없었다.

규모가 작은 소문파일수록 단 한 사람의 고수도 소중한 시기였으니까.

그렇다 보니 몰려온 소문파의 대표들은 대부분이 문주의 아들이거나 딸인 경우가 많았다.

문파를 대표할 수는 있되, 고수는 아닌 위치로 그보다 알맞은 이들이 없었기 때문이다.

그로 인해 소문파에서 찾아온 이들이 모여 있는 곳은 확실히 연령대가 낮았다.

선남선녀들이 그렇게 모여 있다 보면 사고가 나기 나름이다.

서로의 마음이 맞을 때는 그나마 문제가 크지 않았지만 어긋나는 경우엔 소란이 일기도 했다.

특히 한 여자에 두 남자, 또는 한 남자에 두 여자가 얽히는 경우엔 그 소란이 더 컸다.

거기다 자존심까지 연결되면 피를 보는 일도 마다치 않는다.

여긴 뒷간 갈 때도 칼을 들고 가는 무림이었으니까.

그와 비슷한 일이 종남파 경내에서 벌어졌다.

물론 한 여자를 사이에 두고 벌어진 것은 아니고, 비어 있는 객사를 두고 벌어진 자존심 싸움이었다.

무당의 참가를 예상하고 종남이 그들의 몫으로 남겨두었던 객사가 있었는데, 직전에 불참을 통보하는 전서가 무당에서 날아들었던 것이다.

결국 무당의 몫으로 남겨두었던 객사에 들어갈 문파를 선정해야 했다.

종남이 고약했던 것은 딱 정해서 공지했으면 좋았을 것을, 합의를 이루어 달라고 요청했던 것이다.

하긴 요도의 입장에선 백도 내부의 감정골이 깊어지면

깊어질수록, 단결력이 흩어지면 흩어질수록 좋은 일이었으니까.

그런 애들 장난질 같은 이간계가 먹히기에, 지금 종남에 모여 있는 이들은 최적의 조건을 갖추고 있었다.

아니나 다를까, 이름난 대문파보다는 세력이 작고, 연무장의 천막에서 생활하는 소문파들보다는 규모가 큰, 몇몇 문파에서 자신들의 우월성을 주장하고 나섰던 것이다.

종래엔 눈치껏 다 떨어져 나가고 마지막 두 문파만의 대표만이 남아 으르렁대고 있었던 것이다.

그걸 지켜보던 이들 속에서 익숙한 음성이 튀어나왔다.

"난 왼쪽."

"그렇게 보는 눈이 없어서야. 오른쪽이지. 쟤 봐. 딱 봐도 어깨가 떡 벌어졌잖아."

"넌 무슨 칼을 힘으로 휘두르냐?"

"그럼 내력만 믿고 설치는 놈이 잘 될 거 같아?"

"어쭈. 걸어?"

"좋아. 걸어!"

"근데 뭘 걸 건데?"

교주의 물음에 이 형이 답했다.

"내 검을 걸지."

"좋은 거냐?"

"그럼! 동이에서 샀던 청강검이야. 만 번을 접어 두들겨 만든 검이지. 금자 열 냥이나 주고 산 거라고."

"난 또 무슨 희대의 명검이라고. 좋아 그럼 나도 내 칼을 걸지."

"명검이야?"

"아니, 우리 산 아랫동네서 은자 석 냥 주고 산 거."

너무나 당당한 교주의 말에 어이없이 바라보던 이 형이 피식 웃고 말았다.

하긴 초절정에만 들어서도 무기의 좋고 나쁨에 제약을 받지 않는다. 하물며 자신들 정도의 무인이라면 그 무기의 질보다는 의미에 무게가 실리는 법이니까.

"좋아. 걸어!"

두 사람의 내기가 성립된 직후, 또 다른 익숙한 음성이 끼어들었다.

"전 싸움이 나지 않는다에 제 검을 걸죠."

"어! 너도 왔냐?"

교주의 인사에 야율한이 피식 웃었다.

"그런 인사는 제가 드려야 하는 거 아닙니까? 여긴 어쩐 일이세요."

"그냥 구경……."

"구경은 무슨. 네 걱정에 잠을 이루지 못해서 왔다. 부교주를 아주 강가에 내놓은 애새끼 다루듯 그런다니까."

툭 끼어든 이 형의 고자질에 교주의 눈매가 와락 일그러졌다.

"그런 거 아니라니까!"

"아니기는. 당일 날 가자고 그렇게 말했는데. 기어코 전날 와서 이게 뭐냐, 이게! 잠잘 곳도 못 구해서 애들 틈바구니에 끼어. 에잉."

이 형의 투덜거림이 사실이었던지 교주는 불만 어린 표정으로 입만 뻥끗거릴 뿐 아무 소리도 하지 못했다.

그런 교주의 마음 씀씀이를 충분히 짐작하기에 야율한이 빙긋이 웃었다.

"잘 오셨어요. 뭐, 잠잘 곳이야 이제부터 구하면…… 어! 끝났네요."

말을 하다말고 손뼉을 치는 야율한의 시선을 따라 고개를 돌린 교주와 이 형은 금방이라도 피 튀기는 싸움을 벌일 것처럼 맞서있던 청년 둘이 등을 돌려 멀어지는 것을 목격할 수 있었다.

"뭐, 뭐야! 안 싸워?"

어이없다는 듯한 교주의 물음에 야율한이 답했다.

"안 싸우는 게 아니라 못 싸우는 거죠. 동맹을 구하러 와서는 기껏 방 하나 때문에 다른 문파와의 우의를 상하게 한다는 건 있을 수 없으니까요."

명백한 차이 〈239〉

"사내새끼들이 젊은 패기는 어디다 두고!"

여전히 못마땅하다는 듯이 투덜거리는 교주에게 야율한이 웃으며 말했다.

"그만큼 절박하다는 뜻이겠죠. 패기라 포장될 수 있는 젊은이의 망종조차 꺼내보지 못할 정도로."

야율한의 평가에 교주와 이 형의 표정이 어두워졌다.

그런 두 사람을 바라보며 야율한은 속으로 고개를 끄덕였다.

정사마의 가름을 떠나 그런 무림의 최상층부에 있는 이들이 바로 두 사람이었기에 현재의 무림 상황에 막중한 책임감…….

"아이씨. 저기서 진 놈이 나와야 그놈한테 이긴 놈 욕해 주면서 달라붙어 잠자리와 밥을 얻어먹을 수 있었을 텐데."

"하여간 요새 젊은 것들이 문제야. 나 저 나이 때는……."

침을 튀겨가며 자신들의 무모한 젊은 시절을 떠들어 대는 두 사람에게서 야율한이 떨어져 나왔다.

괜히 같이 있기 창피했기에.

그런 야율한을 발견한 교주와 이 형이 같이 가자면서 달라붙었다.

교주와 이 형의 걱정과 달리 잠자리는 어렵지 않게 얻을 수 있었다.

종남이 야율한을 알아본 탓에 무당의 몫으로 남겨두었던 객사를 내어 주었기 때문이다.

명교의 부교주가 왔다는 소문이 삽시간에 퍼지며 왁자지껄했던 종남이 찬물이라도 끼어 얹은 듯 조용해졌다.

정사마의 가름이 이전보다 희미해졌다고는 해도 여전히 백도는 마도, 특히 명교에 깊은 적대감을 가지고 있었다.

문제는 그것을 분출할 수 없었다는 점이다.

백여 개가 넘는 백도 문파의 대표들이 모여 있었지만 단 한 명, 명교의 부교주에게 눌린 느낌이랄까.

그 막대한 패배감이 사위를 짓눌러 버린 것이다.

그걸 풀어내어야 할 종남은 완전히 정신줄을 놨다.

부교주와 함께 있는 이 형의 모습을 목격한 요도와 맹성이 두려움에 질려버린 탓이다.

이 형은 두 사람의 얼굴을 알고 있었으니까.

그 탓에 잔뜩 얼어 있는 두 사람을 스쳐 지나가며 이 형이 중얼거렸다.

"새끼들 쫄기는……."

이 형의 중얼거림에 더 굳어진 두 사람을 쓰윽 일별한 교주가 피식 웃고는 지나갔다.

사람들은 부교주의 위세에 눌려 제대로 알아보지 못했지만 요도와 맹성은 알아봤다.

명백한 차이 〈241〉

상대가 명교의 교주라는 것을.

그렇기에 비웃음이 가득 든 교주의 웃음에 아무런 반응도 보일 수가 없었다.

그렇게 방 배정 겸 인사를 거치고 나선 교주에게 이 형이 다가섰다.

"저놈들……."

"알아. 대충 네 눈치를 보니 그쪽 놈들 같더라."

"지를 요도라고 소개한 신임 장문인은 지귀요랑이란 놈이야. 환공의 수족이었지."

"말이 나와 묻는데 환공은 어디 가서 코빼기도 안 보여? 천외천회가 무너졌으니 그 작자가 난리칠 거라 생각했는데."

"몰라. 나한테도 쉬쉬하던 놈들이니까. 그저 소문으로는 당했을지도 모른다는 말만 들었지."

이 형의 답에 교주가 놀란 눈을 떴다.

"당해? 환공이."

"상대가 팔미라나 뭐라나 그랬던 거 같던데."

혈시로 각성한 팔미대사라면 환공도 상대하기 어려웠을 테니까.

상념을 털어 내며 고개를 끄덕이는 교주에게 이 형이 물었다.

"다 까발리고 목을 베면 간단하긴 한데……."

"그래도 한때는 한솥밥을 먹던 식구였다면서? 등에 칼 맞았다고 그렇게 하루아침에 안면몰수 하는 거 별로다."

생각지 못한 교주의 말에 눈이 커진 이 형의 어깨를 야율한이 두드리고 지나갔다.

제 사형과 같은 생각이란 뜻이다.

그 생각의 중심엔 교주나 부교주가 아니라 '이 형' 자신이 있었다.

그것에 이 형은 뭉클해지는 기분을 느꼈다.

그런 그를 지그시 바라보던 교주가 야율한에게 손을 내밀었다.

"거봐. 내가 저거 감격할 거라고 그랬지."

교주의 말에 이 형의 눈가가 촉촉해진 것을 확인한 야율한이 쓰게 웃으며 교주의 칼을 돌려줬다.

그리고 보니 야율한의 등엔 벽운도 말고도 두 자루의 칼이 더 꽂혀있었다.

하나는 방금 돌려준 교주의 칼, 또 다른 하나는 이 형의 검이다.

직전 내기의 전적물이라며 야율한이 악착같이 받아 냈던 두 사람의 애검이었던 것이다.

그 모습에 와락 눈가를 찌푸리긴 했지만 이 형의 입가는 여전히 웃고 있었다.

이 둘이 겸연쩍어할 자신을 위해 이런 일을 벌이고 있

다는 것을 알기 때문이었다.

물론 말은 다르게 나왔지만.

"이런 빌어먹을 사형제 같으니라고. 이건 사기야!"

아옹다옹하며 멀어져 가는 부교주 일행을 바라보는 요도와 맹성의 표정은 완전히 굳어 있었다.

아무래도 이 형은 완벽히 명교와 융화된 듯 보였기 때문이다.

놀람이 가라앉자 그 둘은 곧바로 자신들의 주군에게 전서를 날려 보냈다.

같은 사안을 다루는 두 개의 전서가 그렇게 암중인에게로 향했다.

각기 다른 출신들이 뒤섞여 함께 사안을 바라보는 명교와, 같은 소속으로 하나의 작전을 뛰면서도 달리 움직이는 이들의 차이가 명확히 보이는 일이었다.

* * *

소수의 경비무사를 제외한 모든 이가 잠든 깊은 밤, 객사의 지붕 위에 올라앉은 야율한의 곁으로 교주가 내려앉았다.

"왜, 잠이 안 와?"

"그냥요. 좀처럼 결정이 서지 않아서요."

야율한의 답에 교주가 물었다.

"뭐가 걸려서 결정을 짓지 못하냐는 바보 같은 물음은 던지지 않으마. 대신 하나만 묻자."

"말씀하세요."

"꼭 도와야 하겠냐?"

"저 때문이니까요. 애초에 제가 나서지 않았다면 종남은 지금 같은 상황에 처하지 않았을 겁니다."

"아니 더 험한 꼴에 처했을 수도 있다. 종남을 도왔던 해남검문의 뒤에 누가 있는지 우린 아니까."

팔미대사, 아니 여전히 명교에 머물고 있는 월검쌍위의 주장을 참고하면 이젠 만사겹황이라고 불러야 할까?

이름이 어찌 되었든 그의 위험성은 교주의 말대로 야율한도 안다. 그럼에도 종남의 현 상황에 대한 자신의 책임이 작아지는 것은 아니라고 생각했다.

물론 이 형이라는 존재가 없다면 지금 같은 갈등은 없었을 것이다.

그저 위장한 채 종남을 깔고 앉은 이들을 일소하면 그만이니까.

하지만 이 형이란 존재가 그것을 가로막고 있었다.

그는 이제 한 식구였다.

종남의 안위보다 그의 체면과 안위, 그리고 입장이 교주와 야율한에겐 더 중요해졌다는 뜻이다.

명백한 차이 〈245〉

또 하나, 그가 없었다면 상대가 위장된 적이라는 것을 지금처럼 쉽게 알아차릴 수도 없었을 테니까.

그러니 이 형의 입장을 존중하지 않을 수 없었던 것이다.

그것이 야율한의 갈등 원인이었다.

그냥 모른 척 돌아가면 그만이라고 생각하는 교주는 사제의 갈등을 솔직히 이해하지 못했다.

그래도 그는 노력했다.

적어도 세상을 단순하게 바라보는 자신이 옳고, 이것저것 생각이 많은 사제가 틀렸다고 생각하지 않았기 때문이다.

그렇기에 자신의 말에도 불구하고 여전히 주저하는 사제에게 교주가 말을 이었다.

"다 네 책임이라 생각하지 마라. 무슨 일이든 어떤 한 가지 이유만으로 발생하지는 않으니까."

"그럴까요?"

"그래. 그러니 온전히 책임지지 못한다고 괴로워할 건 없다. 원인이 여러 가지라면 책임도 나누어지면 그만이니까."

교주의 그 말에 한참을 고심하던 야율한이 자리에서 일어섰다.

"사형의 말씀이 맞습니다. 책임을 나누어지면 될 듯합니다."

그 말을 남겨 놓고 사라지는 야율한의 뒷모습을 교주가 왠지 뿌듯한 얼굴로 바라봤다.

 자신이 사제의 걱정을 해결해 줬다는 일종의 만족감 같은 것이 들었기 때문이다.

 그런 교주의 곁으로 자고 있는 줄 알았던 이 형이 모습을 드러냈다.

 "책임을 나누면 그만인 게 아니라, 책임질 놈들한테 책임을 지워도 된다. 그렇게 여러 번 알려 줬는데 그걸 못 옮기냐?"

 이 형의 핀잔에 교주가 시큰둥한 표정으로 말했다.

 "그게 그거지 뭐가 다르다고 지랄이야."

 "다르지! 책임질 놈에게 책임을 지워도 된다는 종남에게 그냥 네들이 알아서 해결하라고 던져 줘도 되고, 나한테 해결을 밀어도 된다는 뜻이니까!"

 "나누어지는 것도 비슷한 거 아냐?"

 "아니지! 나누어지는 것엔 여전히 부교주를 집어넣는 게 되잖아. 일단 일정 부분은 네가 책임지라고 말하는 것과 다를 바 없으니까."

 "그, 그런가?"

 당황하는 교주를 바라보며 이 형이 못마땅하다는 듯이 혀를 찼다.

 교주와 헤어진 야율한이 찾아간 곳은 자신을 도요로 소

개했던 신임 장문인의 거처였다.

요소요소 종남의 제자들이 지키고 있었지만 그들의 눈을 피해 스며드는 것쯤은 야율한에겐 아무것도 아니었으니까.

그렇게 종남 장문인의 거처에 들어선 야율한이 살짝 기세를 내보이자 도요가 벌떡 일어섰다.

전광석화를 방불케 하는 속도로 검을 부여잡은 도요의 시선에 팔짱을 끼고 서 있는 야율한의 모습이 보였다.

"부, 부교주!"

순간 소름이 도요의 뒷목을 타고 등판을 달렸다.

강호에 파다한 야율한의 위험성을 알고 있었기 때문이다.

그런 도요를 물끄러미 바라보며 야율한이 말문을 열었다.

"피를 보고자 찾아온 것이 아니니 그리 경계하지 않아도 됩니다."

"하면 왜, 이 야심한 시간에 사전 양해도 없이……."

"조용히 이야기를 나누고 싶었으니까요. 그리고 나와 장문인이 이야기를 나누었다는 증거도 남기고 싶지 않고 말입니다."

"무, 무슨 이야기를 하고 싶어서 그러는 게요?"

"우리 잡다한 이야기는 다 접어놓고 핵심만 이야기하

죠. 지귀요랑이라고 불린다고 들었습니다."

자신의 진짜 별호를 거론하는 야율한의 말에 도요의 표정이 굳었다.

그런 그에게 야율한의 음성이 이어졌다.

"이번 사태를 가장 간단히 해결하는 것은 내가 장문인과 수하들을 쓸어버리는 걸 겁니다."

그 말을 하는 야율한의 음성에서 짙은 혈향을 맡은 도요는 자신도 모르게 신형이 굳어 가는 것을 느꼈다.

단지 살의를 내보이는 것만으로도 상대의 근육을 경직시킬 수 있는 야율한의 능력에 도요의 눈은 경악으로 부릅떠졌다.

'어르신 외에는 누구에게도 느껴 본 적이 없는 능력이라니!'

거센 충격에 빠진 도요에게 야율한의 음성이 계속 들려왔다.

"문제는 장문인을 비롯한 이들이 우리 식구와 옛 인연으로 묶여 있다는 것이겠죠. 아무리 끝이 좋지 않았다지만 다 죽여 없애진 않았으면 좋겠다고 하시니까요."

이 형에 관한 말이라는 걸 알아들은 도요는 방금 전 받았던 충격만큼이나 놀란 표정이 되었다.

양측이 어찌 찢어졌는지 알고 있는 도요로서는 이 형이란 자가 복수를 외칠 것이라 생각했기 때문이다.

하지만 야율한의 말대로면 그가 자신들을 죽여 없애는 걸 반대했다는 뜻이다.

'이건 또 무슨……'

도무지 이해할 수 없는 상황에 머리가 복잡해지는 도요에게 야율한이 말했다.

"스스로 물러서는 것이 가장 좋겠습니다. 그러면 우리도 그냥 돌아갈 테니까요."

"그건……"

"어렵다고 말하면 내가 내릴 수 있는 결정도 사나운 것들뿐입니다."

순간적으로 드러나는 야율한의 기세에 자신의 근육이 다시금 굳어지는 걸 느낀 도요가 황급히 고개를 저었다.

야율한의 기세가 살의라는 걸 직감했기 때문이다.

"그, 그런 것이 아니요! 내가 결정할 수 없다는 뜻이니까."

"윗사람의 결정을 받아야 한다는 뜻입니까?"

야율한의 물음에 도요의 고개가 맹렬하게 끄덕여졌다.

"그럼 받아 보시죠. 다만 상황상 길게는 못 기다립니다."

"비, 비무대회가 열리기 전에 확답을 받겠소이다."

"그때까진 기다리죠."

그 말을 끝으로 야율한의 모습은 흔적도 없이 사라졌다.

자신조차 아무런 낌새도 느낄 수 없이 들고 나는 그의

능력에 도요는 모골이 송연해짐을 느꼈다.

하지만 그렇다고 이번 일을 적어 다시금 암중인에게 보내는 일은 하지 않았다.

어차피 비무대회 이전에 결정을 요청하는 전서는 이미 보기 때문이다.

다만 그 결정이 '대항'을 담고 있지 않길 바랄 뿐이었다.

오늘 마주한 부교주의 능력치를 감안하면 교주나 이 형이란 자와 상관없이 부교주만으로도 자신들은 살아나갈 수 없을 거란 걸 직감했으니까.

그런 도용의 불안감이 종남 장문인의 거처에 깊게 내려앉은 밤이 지나가고 있었다.

날이 밝자마자 달려온 이는 야율한에게 전서를 보냈던 종남의 속가장문인인 갈상문이었다.

주변의 속가들을 독려하여 추가로 인원을 데리고 들어오느라 잠시 자리를 비웠던 그가 귀환하자마자 부교주의 방문 소식을 접하고는 부리나케 달려왔던 것이다.

"부교주!"

필생의 적이라는 백도의 무인이 빙긋이 웃고 서 있는 야율한을 바라보며 눈물까지 글썽이는 모습은 낯설었다.

그렇게 아무런 인연도 없는 자신의 전서 하나에 방문해 준 것에 감격하고 있는 갈상문에게 야율한이 인사를 건넸다.

"명교의 야율한입니다."

"부, 부교주. 크흐흐흑."

일문의 속가 장문을 맡았을 정도의 무인이 기어코 눈물을 흘렸다.

그의 마음고생이 얼마나 심했는지 알 수 있는 대목이었다.

하긴 같은 백도도 아니고, 숙적이었던 명교로 도움을 청하는 서신을 보냈을 만큼 종남은 외톨이가 되어 있었으니까.

그걸 어렴풋이 짐작하는 야율한은 갈상문의 북받친 감정이 가라앉길 조용히 기다려 주었다.

그렇게 야율한이 기다리길 잠시, 이내 흐느낌을 멈춘 갈상만이 눈물을 훔치고는 겸연쩍게 웃어 보였다.

"첫 만남에서 못난 꼴을 보였습니다."

"아닙니다. 그만큼 사문을 아낀다는 뜻이겠지요."

"그리 생각해 주신다니 감사할 따름입니다."

묵묵히 고개를 끄덕이는 야율한을 갈상만이 지그시 바라봤다.

금방이라도 불똥이 튀어나올 것만 같은 사나운 눈빛에 온몸에서 흘러나오는 무지막지한 살기.

딱 소문이 전하는 살성(殺星), 살예진천황의 모습이었다.

하지만 그 이면에 감추어진 담담함과 부드러움이 그의 말과 행동에서 흘러나오고 있었다.

'이래서 사부께서 외형을 보고 판단치 말라는 말씀을 그리 자주 하셨었던가?'

부교주에게서 받는 불일치감에 지금은 돌아가시고 없는 선사의 기억까지 나는 갈상문이었다.

그런 그가 조심스럽게 물었다.

"장문인을 만나 보셨다고 들었습니다."

"예. 그랬습니다."

"어땠습니까?"

눈빛 가득, 기대 어린 시선으로 묻는 갈상문에게 야율한이 답했다.

"제게 그 물음에 답할 수 있는 시간을 며칠 주시겠습니까?"

"무슨…… 뜻입니까?"

"말 그대로입니다. 시간이 필요합니다."

"설마……?"

물음 뒤에 짙게 피어나는 갈상문의 불안감, 그리고 불신을 발견한 야율한의 미소가 그의 입가에서 사라졌다.

"내가 종남을 도모하고자 했다면 간계를 동원하지는 않았을 겁니다."

"미, 미안합니다. 지난 시간의 오해와 불신이 너무 깊다 보니……. 다시 한번 사과하겠습니다."

갈상문의 사과에 야율한이 고개를 끄덕였다.

"알겠습니다. 실수는 누구나 하니까요. 같은 일이 반복되지 않도록 하나만 말씀드리죠. 나는 종남에 욕심이 없습니다."

"미, 미안합니다."

다시금 고개를 숙이는 갈상문에게 야율한의 음성이 이어졌다.

"그리고 이번 일을 해결하기 위해서는 종남의 노력도 필요할 겁니다."

"피를 보아야 한다는 뜻입니까?"

"필요하다면! 물론 가능한 그런 일 없이 해결하려 노력해 볼 것입니다."

한마디로 최악의 경우 싸움이 벌어지면 속가제자들이 도요와 숨겨진 비밀 세력이었다고 주장하는 이들과의 싸움에 나서라는 뜻이다.

그걸 알아들은 갈상문이 굳은 표정으로 답했다.

"그래야만 한다면 우린 주저하지 않을 겁니다!"

"결심이 그렇다면 기다리세요. 피도 볼 수 있는 일인데, 잠시의 인내심을 못 낼 리는 없을 테니까요."

야율한의 말에 갈상문은 고개를 끄덕일 수밖에 없었다.

하긴 지금 상황에선 야율한의 뜻에 따르는 방법 외엔 사실 뾰족한 수가 없기도 했고.

그렇게 돌아가는 갈상문을 지그시 바라보는 야율한이 눈빛이 깊었다.

* * *

거친 파도가 일렁이는 해남의 바다로 붉은 돛을 펼친 배 한 척이 나섰다.

선수에 서 있는 자는 긴 머리를 휘날리는 유랑이었다.

악귀처럼 온통 피로 범벅되어 있던 그녀의 이전 모습과 달리, 지금은 처음 해남검문으로 들어설 때처럼 단정한 옷차림에 단아한 모습이었다.

그런 유랑의 입에서 중얼거림이 새어 나왔다.

"제법 죽이는 재미가 있는 놈들이 득실거리는 곳이라…… 재미있겠어."

중얼거림 끝에 예쁘게 피어나는 그녀의 미소가 향하는 곳은 북쪽, 그것도 서쪽으로 치우친 북쪽이었다.

그렇게 또 하나의 파란이 바다를 건너 중원 무림으로 향하고 있었다.

55장
이겼지만 이기지 못한 싸움

이겼지만 이기지 못한 싸움

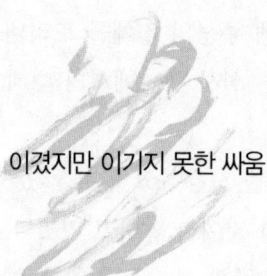

 같은 사안을 가지고 서로 상반된 내용을 담은 채 도착한 두 장의 전서를 받은 암중인은 갈등하고 있었다.
 〈명교의 것들이 융화된 듯 보이나 함께한 시간이 얼마 되지 않았으니 틈이 있을 것입니다. 그 틈을 비집으면 지금처럼 호기가 없을 것입니다. 우리가 한발 떼면 이곳에 모여 있는 백도가 모두 힘을 보탤 것이니 어르신만 도와주신다면 놈들을 이곳에서 일망타진할 수 있을 것입니다.〉
 지귀요랑의 전서대로라면 뒤도 돌아보지 말고 종남으로 향해야 했다.
 하지만…….
 〈놈들의 의도는 주군을 드러내는 것이라 짐작됩니다.

굳이 지금 시점에 주군의 정체를 드러내서 좋을 것이 없다 사료되옵니다. 설사 종남에서의 대계가 실패할지라도 말입니다.〉

직설적인 표현을 사용하고 있지 않았지만 맹성은 종남의 대계가 실패할 것이라 말하고 있었다.

하긴 명교의 교주와 부교주가 함께 있는 자리에 이 형까지 더해졌다면 암중인조차 위험할 수 있었으니까.

그러니 맹성의 전언대로라면 종남으로 가는 것은 제 발로 함정을 향해 걸어 들어가는 형국일 수도 있었다.

언젠가는 교주의 앞에 나서고, 또 이 형과도 다시 마주해야 하겠지만 지금은 아니었다.

오랜 시간 준비해 오던 것들이 무너지고 흔들리고 있는 지금은.

그러니…….

등받이에 몸을 기대는 암중인의 표정이 어두웠다.

* * *

맹성은 주군에게서 날아온 전서를 앞에 두고 깊은 고민에 빠져 있었다.

〈신(信)〉

믿을 신, 한 글자만 적혀 있는 전서의 의미는 명확했다.

긴 고민을 끝낸 맹성이 결국 자리에서 일어섰다.

자신의 거처를 나선 맹성이 찾아간 자는 이 형이었다.

이 형과의 만남은 시작부터 수월하지 않았다.

달리 혼자 머무는 거처를 가지고 있지 않았으니, 교주와 부교주가 빤히 지켜보는 앞에서 이 형을 불러내야 했기 때문이다.

의외였던 것은 교주와 부교주가 맹성의 부름에 이 형이 홀로 나서는 것을 흔쾌히 동의했다는 점이었다.

그 덕에 귀찮은 티를 팍팍 내는 이 형을 맹성은 객사 밖으로 불러낼 수 있었다.

그것도 객사에서 아주 멀리 떨어진 곳으로.

"그만 가. 이 정도면 아무리 그 둘이라도 못 들어."

걸음을 멈춘 이 형의 말에 비로소 멈춰 선 맹성이 겸연쩍은 표정으로 돌아섰다.

"알고 계셨습니까?"

"아니면 죽자고 객사와 멀어질 이유가 없으니까."

이 형의 답에 고개를 끄덕인 맹성이 다가왔다.

"맞습니다. 그들이 듣지 않을 만한 곳에서 대화를 나누고 싶었습니다."

"비밀이라는 소린데, 해 봐. 네가 하고 싶은 비밀 이야기."

이 형의 재촉에 맹성이 숨을 고르고 이야기를 시작했다

"주군은 오시지 않을 겁니다."

"아직 제정신을 가지고 있다는 뜻이로군. 거들먹거리며 나타났으면 도리어 실망했을 거야."

그 말을 내뱉는 이 형의 표정에서 언뜻 '다행'이라는 감정을 발견한 맹성은 의외라는 듯 물었다.

"아직 주군을 걱정하시는군요."

"걱정은 무슨……."

이 형의 음성에서 감정의 파편을 확실히 느낀 맹성이 희망 어린 표정으로 바짝 다가섰다.

"지금이라도 돌아오시면……."

"그따위 헛소리나 지껄이자고 불러냈다면 실망할 거다."

좀 전과는 완전히 다른, 차가운 이 형의 반응에 아쉬움의 표정으로 맹성이 한 걸음 뒤로 물러섰다.

그러고는 아쉽다는 듯 작은 한숨과 함께 원하는 바를 말했다.

"하아…… 눈을, 감아 주십시오."

"무슨 소리지?"

"우리가 종남을 차지하는 걸 묵인해 달라는 소립니다."

"교주와 부교주가 왜 와 있다고 생각해? 그걸 막자고 와 있는 거라는 생각은 안 하나?"

"그러니 눈을 감아 달라는 겁니다."

맹성의 거듭된 말에 이 형이 눈을 가늘게 떴다.

"그러니까 나만이 아니라 교주와 부교주의 눈까지 감게 해 달라 그 말인가?"

"그렇습니다."

"그래야 할 이유?"

"아시지 않습니까? 주군은 세상을 정복한다거나 권력을 손에 쥐는 일 따위에는 관심이 없습니다."

맹성의 말에 이 형이 고개를 저었다.

"그건 두 사람에게 아무런 이유도 되지 못할 거다. 그들의 눈에 네 주인은 환란을 일으키는 존재일 뿐이니까."

"그러니 중재를 해 주십시오."

"내가?"

"예."

맹성의 답에 이 형이 피식 웃었다.

"맹성."

"예, 봉공."

봉공.

자신을 이 형이라 부르던 이의 수하들이 부르던 호칭이다.

그 호칭에 이 형의 고개가 저어졌다.

"니치들이 내 등에 칼을 꽂은 이후, 그 호칭은 버렸다."

"하지만 봉공……."

"쯧. 더러워도 인연이기에 보고, 들어 주는 거야. 그 이상은 바라지마. 너희들 일은 너희들이 스스로. 양심이 있다면 그 정도는 해야지."

적극적으로 나서서 방해할 마음도 없지만, 전혀 도울 생각도 없어 보이는 이 형의 말에 맹성은 깊은 좌절을 맛봐야만 했다.

이 형이 도움을 거절하면 사실상 방법이 없기 때문이다.

강호에 알려진 성품대로라면 교주를 설득하는 것은 불가능했다.

자신의 정체를 공식적으로 까발리는 순간, 칼이 날아들 가능성이 가장 높은 이가 바로 교주였으니까.

그렇다고 부교주가 쉬운 것도 아니다.

요즘 들어 부교주에 대해 배포가 크고, 의외로 측은지심이 많다는 소문이 돌고 있었지만 공식적으로 확인된 것은 아니었으니까.

그런 까닭에 인연이 있던 이 형을 통해 보고자 했던 것인데 거부당한 것이다.

그것에 좌절하는 맹성을 두고 이 형은 미련 없이 돌아섰다.

그런 이 형의 모습을 바라보던 맹성은 결국 그 뒤를 따랐다.

이 형의 도움을 받을 수 없다면 직접 부딪치는 것 외엔 방법이 없었으니까.

"잠시 이야기를 좀 나눌 수 있겠습니까?"

부교주를 향한 맹성의 요청에 교주의 눈매가 찌푸려졌다.

"오냐오냐했더니, 이 새끼가 지금 장난하나!"

자신을 빼고 이 형에 부교주로 넘어가서가 아니다.

맹성이 야율한을 콕 짚은 탓에 자칫 사제가 함정에 빠질까 신경이 곤두선 탓이다.

그렇게 날카롭게 반응하는 교주를 야율한이 말렸다.

"잠시 대화를 나누자는 것이니까 너무 신경 쓰지 마세요, 사형."

"이미 대화를 나누고 온 저 인간 표정 보면 쓸모 있는 이야기는 아닐 거 같은데 굳이 그래야 할 이유가 있을까?"

이 형을 눈짓하는 교주의 말에 야율한이 쓰게 웃었다.

"그래도 들어는 볼게요."

야율한이 그리 말하니 어쩔 수 없다는 표정으로 교주가 물러섰다.

그렇게 나서는 야율한을 이끌고 맹성이 다시 객사 밖으로 나갔다.

이번에도 객사 안에 있는 이들은 들을 수 없는 거리에

서 대화를 나누기 위해서였다.

하지만 그 시도는 시작하기도 전에 야율한에 의해서 저지되었다.

"그만 가죠. 어차피 안 들리는 곳에서 대화를 나누어도 난 돌아와 모두 이야기할 테니까요."

"하, 하지만 결정을 하기 전에 비밀리에 원하는 바를 교환할 수도……."

당황한 맹성의 말을 야율한이 중간에 가로막았다.

"그쪽은 그렇게 동료의 뒤에서 다른 일을 벌이는 모양입니다만 우린 아닙니다. 그러니 여기서 말해요."

흔들리지 않는 야율한의 눈빛을 바라보던 맹성이 결국 입을 열었다.

"눈을 감아 주십시오."

"모른 척해 달라는 건가요?"

"예."

"우리가 그 요청을 수용해야 할 이유를 설명해 보세요."

"주군과 우리는 강호의 패권에 관심이 없습니다. 혼란을 야기할 이유도, 생각도 없다는 뜻입니다."

"그런 이들이 다른 문파를 빼앗진 않죠. 그것도 거짓과 위선으로."

"그건…… 혼란을 최소화하기 위한 고육지책이었습니다."

서둘러 답한 맹성을 잠시, 지그시 바라보던 야율한이 입을 떼었다.

"원하는 바를 위해서는 편법을 쓰는 것은 나도 마찬가지이니 그건 접어 두죠. 해서 종남을 가지고 무얼 하려는 겁니까?"

"세력을 구축하려는 겁니다. 백도의 한 축을 맡아 함부로 강호가 비틀린 길로 접어드는 것을 막는 것. 그것이 주군이 원하는 바이니까요."

맹성의 답에 야율한이 물었다.

"천외천회를 배후에서 조종한 것이 그대의 주인이라고 들었습니다."

"조종이라기보다는 일종의 제어 내지 지지였습니다. 환공을 통해 천외천회가 사특한 길로 접어들지 않도록 제어하고 올바른 길로 가는 것을 지지하는 역할을 수행하였으니까요."

"그렇다면 그 제어는 애초부터 실패했던 것이 아닙니까?"

천외천회가 마도문파들에게 접근하여 분란을 일으켰던 일을 지적한 것이었다.

그걸 알아들은 맹성이 조심스럽게 답했다.

"솔직히, 실패는 아니었습니다. 지나치게 명교가 강성해져서 강호의 균형이 깨지고 있었으니까요."

"그러니 명교를 주저앉혀 백도와 균형을 맞추려 했다는 소린가요?"

"그렇게 알고 있습니다. 주군께서도 그래서 손을 놓고 지켜보신 것이었죠."

"그래서 균형이 맞았습니까?"

"천외천회가 실패했기에 맞추지 못했다는 생각은 않으십니까? 만에 하나 천외천회가 성공해서 명교와 백도의 균형이 맞았다면 과연 청성의 혈사가 벌어졌을까요? 소림이 그처럼 덧없이 무너졌을까요?"

맹성의 물음에 야율한의 눈매가 날카로워졌다.

"명교가 강호의 분란을 조장했다고 말하는 겁니까?"

"잔잔한 호수에 작은 돌멩이 하나를 던지면 파문은 밖으로 나갈수록 커집니다."

"혼란은 명교가 아니라 생강시의 출현과 함께⋯⋯."

"과거에도 그런 일은 있었습니다. 하지만 그땐 백도든 마도든, 그도 아니면 서장이든 힘을 합해 이겨 내었죠. 지금처럼 온통 엉망이 되지는 않았었단 뜻입니다."

맹성의 말에 야율한은 말문이 막혔다.

듣다 보니 정말 명교의 강성해짐이 모든 사태의 근원이 된 것 같은 기분이 들었기 때문이다.

그 탓에 아무 소리도 하지 못하는 야율한에게 맹성이 조심스럽게 말했다.

"그래서 종남이 필요한 겁니다. 주저앉아 있는 백도 문파로써의 종남이 아니라, 강성해져 흔들리는 백도의 무게추로 쓰일 종남이 말입니다."

한마디로 새로운 천외천회로 종남을 쓰겠다는 소리였다.

그걸 알아들은 야율한이 물었다.

"새로운 문파를 세워서 나서도 되는 일이 아니었겠습니까?"

"그렇게 새로 만들어진 문파의 말을 누가 들으려 할까요? 전통은 누군가에게 귀를 기울이게 만드는 힘을 줍니다. 솔직히 말하면 우린 그 힘이 필요했습니다."

다른 백도 문파들이 자신들의 이야기에 귀를 기울일 힘.

그걸 말하고 있다는 걸 알아들은 야율한은 다시 입을 닫아야만 했다.

그렇게 말이 없어진 야율한을 두고 맹성이 떠나갔다.

그렇게 멀어져 가며 그가 남긴 말은 딱 하나였다.

"정의, 협의, 정도 그따위 거 말고. 강호를 위하는 것이 어떤 것인지 제대로 바라봐 주시길 바랍니다."

맹성이 떠나고 홀로 한참을 서 있던 야율한이 객사로 들어서자 교주가 말했다.

"다 개소리야. 네가 하고 싶은 대로 하면 돼. 책임은 본래 각자가 지는 거야."

교주의 말이 처음으로 위로가 되지 않는 날이었다.

그걸 느꼈던지 교주도 더는 아무소리도 없었다.

자신조차 흔들린 말에 생각이 많은 부교주가 어떤 마음일지, 교주도 충분히 짐작 가능했기 때문이다.

한쪽 구석에 앉아 있던 이 형은 아예 눈을 감은 채 아무 소리도 하지 않았다.

마치 없는 듯, 함께하고 있던 파극과 철마는 교주와 부교주의 대화에 감히 끼어들지 못했고.

그렇게 각자의 입장과 생각으로 복잡한 밤이 지나고, 아침 해가 떠오르자 야율한이 객사를 나섰다.

걸어가는 방향으로 보아서는 종남산의 정상 쪽이었다. 아무래도 결정을 내리기 전에 머리를 식혀 보려는 듯 보였다.

그런 야율한을 따라가려는 파극과 철마를 교주가 붙잡았다.

"지금은 그냥 둬."

"하오나 이곳은 적지와 다름없는 곳이니……."

"그래서 누가 부교주를 해칠 수는 있고?"

교주의 반문에 결국 파극과 철마가 주저앉았다.

그런 두 사람을 지나친 이 형이 교주에게 물었다.

"밤에 잠을 못 자는 거 같던데?"

"맹랑한 놈의 우습지도 않은 말이 나도 신경이 쓰여서."
맹성의 말이 교주의 마음조차 흔들었다는 뜻이다.
"어찌 결론을 낼 거 같아?"
"모르지. 사제라고는 하나 그 속이 나보다 깊은 아이니까."
교주의 답에 이 형의 시선이 이미 정상 쪽으로 모습을 감춘 야율한의 흔적을 쫓았다.
"좋은 쪽으로 결론이 났으면 좋겠군."
"좋은 쪽? 그게 어떤 방향인데."
교주의 반문에 이 형은 선뜻 답할 수가 없었다.

* * *

종남산의 정상은 다른 도교의 명산들과 달리 그다지 높지 않았다.
주변을 압도하는 높이가 없다 보니 종남산보다 높은 산들로 빼곡히 둘러싸인 느낌이 들었던 것이다.
그래서 사람들은 종남산을 산포산(山包山)이라고도 부른다.
산속에 포위된 산이란 뜻이다.
지형으로 인해 생긴 이 말은 요사이 종남의 현실을 빗대어 표현하는 말로 더 많이 쓰인다.

종남보다 더 커다랗고, 힘센 문파들에게 포위되어 있다는 뜻으로 말이다.

그렇게 종남을 둘러싼 힘 센 문파들 중 가장 대표되는 곳이 바로 명교다.

해남검문의 지원 하에 세를 떨치던 종남을 하루아침에 주저앉힌 것이 바로 명교였기 때문이다.

말이 명교지, 실제로는 야율한의 결정이었지만.

그렇게 종남을 움츠러들게 만들었던 장본인인 야율한이 종남 제일봉에 올랐다.

더 높은 산들로 둘러싸인 종남 제일봉이라지만 다른 높은 산들만큼이나 바람은 차고, 기운은 맑았다.

괜히 종남파가 이곳에 자리를 잡은 것이 아니라는 것을 산에 어린 기운이 대변해 주고 있었던 셈이다.

그렇게 맑고 찬 기운을 맞으며 종남산 정상에 앉아 있던 야율한의 눈썹이 꿈틀거렸다.

그 직후 야율한의 곁에 작고 볼품없는 사내가 모습을 드러냈다.

마치 처음부터 그곳에 함께 앉아 있던 사람처럼 모습을 드러낸 사내는 맹성이 엎드려 주군이라 불렀던 바로 그, 암중인이었다.

그가 곁에 앉은 이후로도 한참 동안 명상을 이어 갔던 야율한이 천천히 눈을 떴다.

그런 야율한을 힐긋 일별한 암중인이 물었다.

"내가 방해했던가?"

"원하는 만큼 하였으니 방해랄 것도 없지요. 그나저나 우연히 찾아오신 것은 아닌 듯합니다만……."

"우연은 맞네. 망설임 끝에 혹시 만날 수 있을까 싶어 찾아오긴 했지만 자넬 만나길 원했던 것은 아니니까."

"역시 제가 누군지 아신다는 뜻이군요."

"모를 수 없지. 그 얼굴은."

말속에 든 느낌이 묘했다. 그것에 야율한이 물었다.

"절 아시는군요?"

"너무나 잘 알지."

상대의 답에 야율한의 표정이 굳었다.

상대방은 아는데 자신은 모르는 것. 결국 야율한으로 깨어나기 전에 만났었다는 뜻이다.

이런 상황이 가장 어려운 경우였기에 잔뜩 굳은 야율한에게 암중인이 말했다.

"긴장할 것 없네. 자네가 날 기억하지 못하는 것은 당연한 일이니까."

"어째서 당연하다 말씀하시는 겁니까?"

"내가 세상 누구보다 자넬 잘 알지만 우린 처음 만나는 것이니까."

"무슨…… 뜻입니까?"

야율한의 물음에 암중인이 희미하게 웃어 보였다.

"그렇게 사납게 쳐다볼 것 없네. 말 그대로 자네와 난 처음 마주한 것이니까."

"처음 봤는데 세상 누구보다 날 잘 안단 말입니까?"

"……."

자신의 물음에 묵묵히 고개를 끄덕이는 암중인에게 야율한이 물었다.

"누구십니까?"

"이곳을 갖고자 하는 사람."

상대의 답에 야율한의 눈빛은 흔들림이 없었다. 이미 예상했었던 일이기 때문이다.

그런 그에게 암중인이 물었다.

"어찌할까 갈등 중인 듯한데 그냥 내어 주게. 자네나 명교에 해가 가는 일은 아닐 테니까."

"천외천회를 움직여 마문들로 하여금 명교에 위해를 가하려던 분의 말을 그대로 믿을 만큼 나는 바보는 아닙니다만."

"그 일은 나와 상관없네. 환공을 통해 천외천회에 내 뜻을 투영하고는 있었다지만 그것만으로 완벽히 장악하고 있었던 것은 아니니까."

한마디로 천외천회가 마문들을 움직여 명교를 공격했던 것은 암중인의 뜻이 아니었다는 소리다.

그에 야율한이 물었다.

"하면 그쪽의 뜻은 어디에 있습니까?"

"균형."

"많은 이가 그 말을 하죠. 하지만 그것을 통해 이루려는 것은 모두가 다릅니다."

그러니 네가 바라는 바를 제대로 말하라는 뜻이다. 그런 야율한의 의도를 정확히 이해했던지 암중인이 순순히 답했다.

"나는 이 세상에 불필요한 피가 가능한 흐르지 않길 바라네."

"그간 벌여 왔던 일들과는 배치된다고 생각하지 않습니까?"

"균형을 찾기 위해 필요한 피는 주저하지 않으니까."

"궤변이군요."

차가운 야율한의 말에 암중인은 어깨를 으쓱여 보였다.

"그럴지도. 내가 정답이 아닐지도 모르니까. 하면 묻지. 자네가 생각하고 움직이는 모든 것은 정답이라 믿는가?"

"……."

선뜻 답하지 못하는 야율한을 지그시 바라보던 암중인이 말을 이었다.

"정답이라고 주장할 수 있는 것은 세상에 없네. 모든 일은 서있는 곳에 따라 관점이 다르고, 입장이 또한 달라지는 법이니까. 그러니 답을 할 수 없는 것이 정답일세."

"하면 그쪽이 주장하고, 하고자 하는 일도 틀렸을 수 있다는 뜻이라는 건 압니까?"

"당연히! 그렇다고 아무것도 하지 않을 수는 없는 것이 아닌가?"

되묻는 암중인에게 야율한은 이번에도 답을 하지 못했다.

그런 그에게 암중인이 말을 이었다.

"크게 문제가 되지 않다면 내게 종남을 주게. 적어도 종남으로 명교에 위해를 가하는 일은 없을 테니까."

야율한의 확답을 들은 것도 아니건만 암중인은 그 말을 끝으로 미련 없이 자리에서 일어섰다.

그런 그에게 야율한이 물었다.

"아직 답을 하진 않았습니다만……."

"뭐, 종래엔 행동으로 답하겠지. 그보다 서둘러 내려가 봐. 자네가 살려 두고 있는 놈이 친 장난질이 조만간 들이닥칠 모양이니까."

의미를 알 수 없는 말을 남긴 암중인은 그렇게 종적을 감췄다.

의미를 알 수 없는 한마디를 추가로 남긴 채.

"사, 아니 교주께 안부를 전해 주게."

교주의 호칭을 달리 부르려던 암중인의 음성이 왠지 마음에 걸렸다.

"사? 사, 뭐라고 하려던 거지?"

아무리 생각해도 알 수 없었던 야율한의 시선이 갑자기 산 아래로 향했다.

상상하기 힘든 힘이 종남산으로 직행하고 있는 것이 느껴졌기 때문이다.

〈서둘러 내려가 봐. 자네가 살려 두고 있는 놈이 친 장난질이 조만간 들이닥칠 모양이니까.〉

사라진 암중인이 남겼던 그 말이 떠오른 야율한의 신형도 바람결에 부서져 흩어졌다.

* * *

종남의 산문을 지나 종남의 경내에 닿는 모든 길에 시신들이 나뒹굴었다.

바람이 부는 듯 빠르게 스쳐지나가면서도 경로 상에 존재하는 모든 이의 목숨을 취하고 멈춰선 곳은 객사 앞이었다.

당황한 종남의 무인들과 손님으로 찾아온 이들까지.

모두가 놀라 바라보는 곳에 그녀가 서 있었다. 해남검

문에서 다른 존재를 몸에 담았던 유랑이.

피투성이의 손을 한 채로.

뒤늦게 상대의 손에 묻은 피를 확인한 종남의 제자들과 객사에 머물던 백도 무인들이 일제히 칼을 뽑아들었다.

그런 이들을 바라보며 예쁘게 웃은 유랑의 작은 발이 대지를 박찼다.

"온다!"

누군가의 외침과 거의 동시에 종남 제자들 속에서 피가 튀었다. 그리고 그 피는 순식간에 백도 무인들 속으로 확산되었다.

컥.

으악!

연속적인 비명들이 난무하고 사방에서 피가 솟구쳤다.

그냥 두면 모두가 그렇게 덧없이 죽어 나갈 것 같았던 바로 그때!

깡!

손과 손이 부딪쳤음에도 쇳소리가 울려 나왔다.

그리고 물러선 유랑의 시선에 마치 팔을 칼처럼 비스듬히 내리고 서 있는 이 형의 모습이 들어왔다.

"재미있는 놈이 있었네."

"재미없는 년이 왔군."

"풋. 년이라…… 그래. 곧 죽을 놈이니까 용서해……."

그 말이 채 끝나기도 전에 유랑의 모습이 사라졌다.

그리고 연속적인 금속성이 튀어나왔다.

깡, 까강, 깡, 깡, 깡.

요란한 금속성 뒤로 다시 떨어져 나온 유랑의 눈빛이 요요롭게 빛나기 시작했다.

"너, 정말로 재미있는 놈이구나!"

그 말끝에 혀로 입술을 핥는 유랑의 눈빛은 진짜 재미있는 장난감을 발견한 아이의 눈처럼 반짝이기까지 했다.

문제는 그렇게 눈빛이 반짝이기 시작하면서 그녀의 기도가 바뀌었다는 것이다.

이 형의 표정이 굳을 정도로.

오죽했으면 뒤에서 지켜보던 교주가 서둘러 검을 꺼내 들고 이 형의 곁으로 나섰을까.

곧바로 유랑의 신형이 그런 두 사람에게로 폭사되어 왔다.

까강, 퍼벅!

종류가 다른 두 음향의 뒤로 이 형과 교주가 뒤로 밀려 났다.

이 형의 왼쪽 어깨가 피범벅이 되었고, 교주는 오른쪽 다리를 제대로 딛지 못했다.

그에 반해 아쉬운 듯 입맛을 다시는 유랑은 멀쩡해 보였다.

그것만으로 방금 전, 충돌의 승자가 누구인지 대번에 짐작할 수 있었다.

곁에서 그걸 지켜보던 이들의 눈에 경악이 들어선 것은 당연했다.

사천세의 최강자라 불리던 교주가 일수에 밀린 것이었으니까.

하지만 놀람은 그것으로 그치지 않았다.

다시금 돌입한 유랑을 맞아 나간 교주와 이 형이.

우당탕탕.

이전보다 더 요란하게 튕겨나갔으니까.

이건 내팽개쳐졌다고 표현해야 할 정도였다.

낭패한 모습으로 처박힌 두 사람에게 유랑은 다음 기회를 부여할 생각이 없었던 모양이다.

곧바로 다시 들이닥쳤으니까.

바로 그 순간.

깡!

강렬한 금속성 뒤로 유랑이 훌쩍 물러났다.

중간에 그렇게 유랑을 막아 낸 이는 정상에서 모습을 감췄던 야율한이었다.

문제는…….

주르륵.

야율한이 뒤로 한참을 밀려났다는 것이었다.

그것은 기습에 가까운 공격을 가하고서도 유랑의 힘에 밀렸다는 뜻이었다.

그것에 야율한이 놀랄 사이도 없이 유랑이 다시 밀어닥쳤다.

그걸 느끼자마자 야율한의 왼손에 벽력도가 뽑혀 나왔다.

모든 부정한 것의 상극이라는 뇌기가 사위를 덮고, 붉게 타오르던 야율한의 눈빛이 짙은 푸른색을 띠었다.

원하지 않았음에도 적안을 넘어 청안이 시전 되었다는 것만으로도 상대가 일반 사람이 아니라는 뜻이었다.

그걸 깨닫고 표정을 굳히는 야율한의 전면으로 유랑이 폭사되어 들어왔다.

한데.

"꺄르르르."

유랑이 뇌기를 온몸에 두르며 미치듯이 웃었다. 마치 좋아 죽겠다는 듯이…….

뿐만 아니라 모든 강신인이 공포에 떨었던 청안을 직시하고서도 유랑은 아무런 타격도 받지 않았다.

그 탓에 온전한 유랑의 힘이 야율한을 덮쳤다.

콰광!

직전의 교주와 이 형처럼 이번엔 야율한이 튕겨 나가 바닥을 굴렀다.

최대치로 뽑아낸 일월검이 간신히 공격을 막아 낸 덕에 피를 보는 일은 막아 낼 수 있었지만 상대의 강력한 힘을 모조리 상쇄시키는 것엔 실패했던 것이다.
 그런 까닭에 자세가 허물어진 야율한을 노리고 유랑이 날아들었다.
 놀란 야율한이 서둘러 양손에 움켜쥐고 있던 검과 도를 불러들였지만 아무래도 상대의 속도에 비해 늦을 듯싶었다.
 최악의 상황을 직감한 야율한이 이를 악물고, 온몸에 호신강기를 두르는 순간.
 그의 앞으로 누군가가 나섰다.
 콰광!
 거대한 충돌음을 이끌고 튕겨 나가 저만치 처박힌 이는 교주였다.
 가슴팍이 온통 피투성이인 것으로 보아서는 심각한 중상이었다.
 하긴 야율한의 위기를 보고 앞뒤 없이 무조건 막아선 것이었으니까.
 "사, 사형!"
 놀라 달려가려던 야율한의 신형이 급반전했다.
 유랑이 다시 들이닥친 탓이었다.
 까강 쾅!

"쿨럭!"

다시금 뒤로 주르륵 밀려난 야율한의 입에서 밭은기침과 함께 피가 쏟아졌다.

붉다 못해 검은 피, 적지 않은 내상을 입었다는 뜻이었다.

그럼에도 애써 자세를 잡던 야율한의 무릎이 꺾였다.

털썩.

다시 일어나려 애를 썼지만 쉽지 않았는지 좀처럼 제대로 서지 못하는 야율한을 바라보며 혀로 입술을 훑는 유랑의 눈빛은 사냥감을 앞에 둔 맹수의 그것처럼 노랗게 번들거렸다.

이번에 밀어닥치면 결코 막지 못할 것만 같았던 그때, 야율한에게 손 하나가 내밀어졌다.

이 형이었다.

그 손의 의미를 몰라 바라보는 야율한에게 이 형이 말했다.

"칼, 잠시만 돌려주지."

비로소 이 형의 말뜻을 알아들은 야율한이 내기의 승리로 받아두었던 이 형의 칼을 내주었다.

그걸 받아들고 돌아선 이 형이 유랑을 향해 싱긋 웃어 보였다.

"이제 제대로 놀아 볼까."

그 말이 끝나기 무섭게 이 형의 전신에서 불길이 일었다.

그걸 바라보는 야율한의 눈이 커다랗게 변했다. 그가 아는 이 형의 신위를 훌쩍 뛰어넘는 기세가 마구마구 뿜어져 나오고 있었기 때문이다.

* * *

언젠가 이태에게 들었던 모습이 눈앞에서 펼쳐지고 있었다.

불길처럼 극양공을 끌어올린 이 형에게서 풍겨 나오는 기세는 그 이전과는 판이하게 달랐던 것이다.

그런 이 형을 향해 유랑이 들이닥쳤다.

상대의 변화를 눈치챘던지 몰아치는 유랑의 기세도 직전과 달리 더 강해졌다.

야율한조차 저 정도면 못 막겠다 싶은 공격이 연속적으로 몰아쳐 들어갔던 것이다.

막강한 극양공을 펼치고서도 이 형이 뒤로 밀려날 지경이었다.

상황이 변한 것은 바로 그때였다.

유랑의 파상공세에 뒤로 밀려난 것에 분노한 듯, 눈가를 찌푸린 이 형의 빈손이 펼쳐지자 여기저기 쓰러져있던 이들의 검이 끌어당겨졌다.

수가 자그마치 네 자루.

거기다 이 형이 들고 있던 검을 합해 다섯 자루의 칼이 그의 신형을 휘돌기 시작했다.

암전오비검이다. 과거 야율한과 교주가 이 형과 처음 마주쳤을 때 겪어 본 바로 그 검술이다.

다섯 자루의 검이 각기 다른 무인이 쓰는 것처럼 자유롭게 움직인다.

한마디로 순식간에 다섯 명의 적과 마주 선 느낌이랄까.

유랑도 당황한 빛이 역력했다.

정신없이 몰아붙이던 것에서 순식간에 상황이 반전하여 자신이 사력을 다해 상대의 공격을 막아 내야 했으니까.

여기저기 적지 않은 상처와 피를 흘리고서야 이 형의 공격을 막아 낸 유랑의 눈빛이 독해지고, 그녀의 주변으로 핏빛 안개가 서리가 시작했다.

시간이 갈수록 진해진 핏빛 안개는 이내 주변의 정경을 확인할 수 없을 정도로 진해졌다.

그 안으로 유랑의 모습이 완전히 사라졌다고 느낀 순간, 공격이 다시 시작되었다.

"갈!"

위기에 처한 듯 보이던 이 형의 입에서 호통이 터져 나오고, 이내 그의 신형이 사라졌다.

사용한 방법은 달랐지만 둘 다 은신법을 사용한 것이다.

이번엔 유랑이 당황했다.

눈앞에서 상대가 사라져 버렸으니까.

그리고 이내 허공에서 칼이 날아들기 시작했다. 그것도 다섯 자루나.

처음엔 유랑도 놀라지 않았다.

다섯 자루의 칼이 날아다니는 거야 직전에도 마찬가지였으니까.

그러니 그 칼을 움직이는 놈만 베면 그만이라는 생각에 날아드는 칼의 배후를 노렸다.

하지만…….

수십 차례 빈 허공을 가른 유랑의 눈빛이 서늘하게 가라앉았다.

마치 사람은 없고 칼만 날아다니는 형색이었기 때문이다.

그렇다고 길게 생각할 여유도 없었다. 이 형의 칼들은 너무나 빨리, 비교적 정확하게 유랑을 노리고 달려들었으니까.

상대의 공격에 휘말렸다고 판단했던지 이를 악문 유랑

이 갑자기 자신의 손목을 물어뜯었다.

당장 솟구치는 피를 사방으로 뿌리며 알 수 없는 말을 중얼거리길 잠시.

푸확!

그녀의 피가 뿌려진 곳마다 불길이 일었다.

붉다 못해 파랗게 작렬하는 극염의 불길이었다.

마구잡이로 뿌려진 듯하던 피는 불길로 변하고서야 하나의 형태를 그렸다.

거꾸로 된 만(卍)자, 마신의 표식이다.

그 형상의 불길이 점점 파래지더니 종래엔 하얀 기류처럼 변했다.

가슴의 상처를 지혈하며 그 장면을 지켜보던 교주가 신음처럼 중얼거렸다.

"지옥염화!"

"아시는 술법입니까?"

"역만술이라고도 불리는 술법이다. 화산폭발과 같은 파괴력이라 알려진 것이다. 걸리면…… 아무도 살아남을 수 없다."

교주가 저리 말할 정도라면!

이 형을 돕기 위해 지체 없이 전장으로 달려 들어가려던 야율한의 신형이 흠칫 멈춰 섰다.

하얀 기류처럼 바뀌었던 염화가 일순간에 검은색으로

바뀌며 무지막지한 기세를 뿜어내기 시작했기 때문이다.

흙과 돌, 심지어 땅속에 사는 생물들까지 뒤섞여 뿜어지는 기운은 분명.

"마기!"

야율한의 놀람 속에 땅속에서부터 뿜어지던 마기는 마치 세상을 끝장이라도 낼 기세처럼 미친 듯 폭출했다.

왜 지옥염화가 화산의 폭발과 비견되는지 명확히 알려주는 장면이었다.

그 범위 안에 존재했다면 절대로 살아남을 수 없을 것이 확실할 정도로 엄청난 기세였다.

쨍그랑.

폭출 되는 마기에 못 이겨 튕겨 날아와 땅바닥에 처박힌 다섯 자루의 검처럼.

땅에 머리를 박고 부르르 떠는 칼들 속엔 분명 이 형의 애검도 들어 있었다.

그 검을 바라보는 야율한의 눈빛에 걱정이 담겼다.

한데······.

"걱정하지 마. 고려의 명인이 심혈을 기울여 만든 검이야. 저 정도로는 안 부러져."

곁에서 들려온 음성에 고개를 돌린 야율한의 눈이 커졌다.

이 형이 멀쩡한 모습으로 곁에 서 있었기 때문이다.

그렇게 자신을 놀란 눈으로 바라보는 야율한에게 이 형이 말했다.

"에이, 저렇게 무식한 공격에 정면 대결할 정도로 멍청하진 않아. 설마 날 그렇게 보진 않았을 거…… 그렇게 봤구나!"

억울하다는 표정인 이 형의 모습에 야율한이 비로소 표정을 풀고, 피식 웃었다.

"여기서 이러고 계실 때는 아닌 것 같은데요."

"아! 그러네. 술법이 끝을 달리고 있으니까."

이 형의 말대로 땅속에서부터 폭출하던 마기가 현저하게 줄어들고 있었다.

그걸 확인한 이 형의 신형이 다시 사라졌다.

그리고 그의 움직임과 함께 땅속에 박혀 있던 그의 애검이 다시 뽑혀져 날아갔다.

하지만 이 형의 애검과 함께 날아와 박힌 네 자루의 검은 그대로 땅에 박혀 있었다.

하긴 부러지거나, 휘어진 검은 쓸 수 없는 법이니까.

대신 여기저기 죽어 널브러진 이들 속에 떨어져 있던 새로운 칼 네 자루가 다시 핏빛 안개 속으로 빨려들듯 날아갔다.

그리고 요란한 금속성이 이어졌다.

핏빛 안개가 진해서 야율한조차 안에서 어떤 일이 벌어

지는지 알아차릴 수 없었다.

 결국 이 형을 돕기 위해 다시 야율한이 나서려던 찰나.

 "악!"

 이 형의 비명이 분명할 소리가 튀어나왔다.

 더는 기다릴 수 없다고 판단한 야율한이 신형을 뽑아 올리는 순간 핏빛 안개가 거짓말처럼 사라졌다.

 그리고…….

 자그마치 다섯 자루의 검을 몸에 박아 넣은 유랑이 이 형의 팔뚝을 물고 있는 모습이 보였다.

 다섯 자루의 칼을 몸에 박아 넣고서도 살아 있을 수 있다는 것이 신기할 지경이었다.

 물론 팔뚝을 물린 이 형은 그렇게 한가한 생각을 할 수 있는 상황은 아니었지만.

 "아악! 놔! 놓으라고!"

 이 형의 비명소리에 놀란 야율한이 그대로 달려들었다.

 턱!

 창졸지간이었다지만 유랑의 목을 노린 야율한의 검은, 거대한 바위도 단숨에 베어 낼 정도로 강력한 기세를 담고 있었다.

 한데 그런 야율한의 검이 뻗어 낸 유랑의 손에 덧없이 잡혔다.

물론 칼을 막아 낸 손바닥 가득 피가 흥건하게 묻어날 정도의 상처는 입혔다지만 그게 다였다.

다시 공격하기 위해 서둘러 검을 회수하려는 야율한의 움직임에 유랑의 입이 강하게 다물렸다.

"아악! 아파, 아파!"

곧바로 터져 나오는 이 형의 비명이 그런 야율한의 움직임을 멈추게 만들었다.

-조금만 더 움직여 봐, 이 자식 손모가지는 그 순간부로 끝장일 테니까.

유랑의 전음에 야율한도, 이 형도 움직이지 못했다.

검수의 오른손이 날아가면 이겨도 이긴 것이 아닐 테니까.

다섯 자루의 검이 박힌 여자, 그런 여자에게 손목을 물린 이 형, 그리고 여자의 손에 검이 잡힌 야율한.

이 기묘한 모습을 바라보며 다가선 교주가 코끝을 긁적였다.

"이쯤 하지. 여기서 더 하면 목이 날아가거나, 팔목 끊어지거나, 그도 아니면 쪽팔려 죽을 거 같은데."

교주의 말에 서로를 바라보던 이들의 눈빛이 가라앉고, 천천히 야율한이 검을 거두었다.

이후 유랑이 이 형의 손목을 놓아주었다.

그리고.

스르르륵. 챙그랑.

마치 안에서 밀어내듯 천천히 밀려 나온 다섯 자루의 검이 유랑의 몸에서 빠져나와 바닥으로 떨어져 내렸다.

그렇게 칼들이 뽑혀 나온 상처에서 피가 흐르긴 했지만 유랑은 멀쩡하게 움직였다.

"빌어먹을 몸뚱이. 조금만 더 훈련된 몸이었으면 이렇게는 안 됐을 텐데."

아쉬운 듯 입맛을 다시는 유랑의 투덜거림에 야율한의 표정이 굳었다.

저 안에 든 게 누구이든 일반인의 몸에 깃들어 저 정도의 능력을 뿜어냈다는 것에 놀랐기 때문이다.

만에 하나 화경, 아니 초절정 정도인 고수의 몸에만 깃들었어도!

생각만으로도 끔찍한 결과에 굳어지는 야율한의 귀로 이 형의 볼멘 음성이 들려왔다.

"개냐? 물게!"

이 형의 불만 어린 핀잔에 유랑이 입을 삐죽여 보였다.

"맨손인 여자한테 칼을 다섯 자루씩이나 쓴 놈이 할 소린 아니지!"

"여자? 하, 치마 입었다고 다 여잔 줄 알아! 너 따위는……."

이 형의 핀잔은 그곳에서 멈추었다. 피투성이인 채로

머리를 쓸어 넘기는 유랑은······.

"······이쁘네."

넋이 나간 표정인 이 형의 말에 야율한이 쓰게 웃으며 고개를 내저었다.

한데.

"그러게 예쁘네."

생각지 못한 교주의 말에 야율한의 눈이 커졌다.

그러고 보니 이 형과 교주만이 아니었다. 주변의 종남 제자나 백도의 무인들도 사내라면 모조리 몽롱한 시선을 보내고 있었던 것이다.

'섭혼!'

대번에 놀라 검을 움켜쥐는 야율한에게 유랑이 화를 냈다.

"섭혼 아니니까 그따위 눈깔로 바라보지 마!"

"섭혼이 아니란 말입니까?"

"응, 아니야."

이번에 나온 답은 유랑이 아니라 이 형의 것이었다.

"정말······ 입니까?"

의아한 듯 묻는 야율한에게 이 형이 답했다.

"응. 천성적인 염기야. 물론 정상적인 건 아니지. 마기에 물든 염기니까."

"하지만 좀 전에는 보이지 않았던 염기가 아닙니까?"

"저 몸에 잠재되어 있던 염기가 역만술에 영향을 받아 튀어나온 거지. 굳이 이름 붙이자면 각성이랄까."

이 형의 설명이 사실이었던지 교주마저 고개를 끄덕였다.

"확실히 섭혼은 아니야. 이지를 빼앗기진 않았으니까."

그 말에 여기저기서 사람들이 고개를 끄덕였다.

물론 여전히 몽롱하게 바라보는 눈빛은 사라지지 않았지만.

그런 이들의 모습에 유랑이 슬쩍 비웃음을 머금었다.

"사내새끼들이란······."

유랑의 힐난에 교주가 불퉁거렸다.

"그 사내새끼들이 떼거리로 달려들어서 끝장내 주기 전에 가라."

"흥!"

교주의 말에 콧방귀를 뀌어 준 유랑이 야율한을 거쳐 이 형을 노려보며 말했다.

"다음엔!"

그 말을 남겨둔 유랑의 신형이 바람에 부서지듯 흩어져 사라졌다.

코앞에서 보면서도 믿기 어려울 정도의 특이한 경공이었다.

그렇게 유랑이 떠난 후 이 형이 주저앉았다.

놀라 돌아보는 야율한에게 이 형이 투덜거렸다.

"빌어먹을 계집. 더럽게 세네."

그 말을 내뱉는 이 형의 입가로 피가 흘러내렸다.

그것도 검게 죽은 피였다.

깊은 내상을 입었다는 뜻이다.

"설마……!"

놀라는 야율한에게 이 형이 말했다.

"조금만 더 버텼으면 들킬 뻔했어."

이 형의 말에 교주가 고개를 끄덕이며 나섰다.

"네 다리가 사시나무처럼 후들거리더라. 걸릴까 봐 조마조마했다."

비로소 명확해졌다.

이겼지만 이긴 게 아니었다는 것을.

그 위험성을 느끼며 눈을 크게 뜨는 야율한에게 교주가 말했다.

"자책할 거 없어. 너나 저 계집이나 상황에 너무 몰입한 탓에 알아차리지 못했을 뿐이니까. 아니었다면 지금쯤 우린 바닥에 길게 누워 북망산 오르고 있을 테니까."

한마디로 졌을 거란 뜻이다.

교주와 야율한, 거기다 이 형까지 모조리 다.

그것에 다시금 놀란 표정이 되는 야율한의 어깨를 교주가 두드렸다.

이번엔 잘 넘어갔으니 걱정하지 말라는 듯이.

문제는 그 위로가 야율한에겐 전혀 위안이 되지 않았다는 점이었다.

교주의 의도대로 이번뿐이었으니까. 다음엔…….

유랑이 사라진 자리를 바라보는 야율한의 눈빛이 어두운 이유였다.

* * *

종남에서 멀지 않은 산중에서 상처를 치료하던 유랑의 미간이 일그러졌다.

그녀의 반응이 그러했던 이유가 곧바로 밝혀졌다.

"여어, 이런 깊은 산속에 어여쁜 소저라니, 목욕하러 내려온 월궁의 항아신가?"

"크크크, 월궁의 항아면 어떻고, 기루의 천기면 어떨까? 다, 이 영웅님들의 노고를 풀어 주려고 하늘에서 내린 계집인 것을."

"그럼그럼 계집은 자고로 사내의 배 밑에 깔려 있을 때에 진가를 발휘하는 법이지. 크크크."

내뱉는 말 하나하나가 모조리 음험했다.

하긴 더벅머리에, 흩어진 옷매무새, 핏자국이 덕지덕지 들러붙은 거친 무기를 든 이들은 누가 봐도 막돼먹은 산적 무리였으니까.

녹림의 소속도 아니면서 산적 운운하는 질 나쁜 산적들이 요즘 들어 많아졌다.

사황성을 중심으로 다시 사파가 재건되었다지만 여전히 이전의 성세를 되찾지 못했기 때문이다.

뿐인가, 그렇게 속출하는 무뢰배급 산적들을 토벌해야 할 백도는 사파보다 더 엉망이었다.

그것이 도처의 산에 지금 유랑의 눈앞에서 건들거리고 있는 산적들과 같은 무리들이 횡행할 수 있는 이유였다.

문제는 그런 산적들의 눈앞에 있는 이가 유랑이라는 점이었다.

"호호, 멋진 오라버니들이네. 어디 이년의 취향을 맞춰 줄 수 있겠어요?"

"오호, 이년이 또 난 년일세. 오냐. 내 네년의 허억!"

자신이 내민 손으로 순식간에 빨려들듯 날아와 잡힌 한 산적의 당황한 눈을 들여다보며 유랑이 빙글거렸다.

"역시 사내는 여자의 손에 잡혀 죽음 앞에 섰을 때 진가를 발휘하는 법이죠. 어때요? 오라버니의 진가는 뭔가요?"

맛있는 먹이를 앞에 둔 듯 혀로 입술을 축이는 유랑의 눈빛은 독사의 그것처럼 노랗게 번들거리고 있었다.

그런 유랑의 눈빛을 마주한 산적의 눈동자가 사정없이

떨렸다.
 "사, 사, 살려 주, 크어어억!"
 유랑의 손에 잡힌 산적의 말은 이어지지 않았다.
 마치 찌부러지는 풍선처럼 순식간에 쪼글쪼글 말라 버린 산적은 말을 할 수 없었으니까.
 그렇게 목내이(木乃伊:미라)처럼 말라 버린 산적을 내팽개친 유랑의 신형이 천천히 나머지 산적들을 향해 돌려졌다.
 자신들의 동료가 어찌 죽었는지 생생히 지켜보았던 산적들은 유랑이 자신들의 상대가 아니라는 것을 직감했다.
 "튀, 튀어!"
 한 산적의 고함과 동시에 나머지 여덟 명의 산적들이 사방팔방으로 튀었다.
 그렇게 도주하는 이들의 행동 속에는 누구 하나 동료와 힘을 합하겠다는 의도는 보이지 않았다.
 그런 산적들을 바라보며 유랑이 혀로 입술을 적셨다.
 "쓰레기들이지만 뭐, 정기는 가지고 있을 테니까."
 의미를 알 수 없는 말을 남긴 유랑의 신형이 사라졌다.
 그리고 숲 이곳저곳에서 비명이 터져 나왔다.
 도주했던 산적들 중 마지막 여덟 번째 산적에게서 모든 정기를 빨아들여 목내이처럼 만들어 내팽개친 유랑이 손을 들어 천천히 기운을 모았다.

그렇게 자신의 힘을 확인하던 유랑의 표정이 와락 찌푸려졌다.

자신의 의도와는 다르게 그녀의 손에 모인 마기가 너무나 보잘것없었기 때문이다.

그렇게 자신의 손에 모인 미비한 마기를 바라보는 유랑의 심중이 복잡했다.

종남에선 아무렇지도 않은 척 버텼지만 다섯 자루의 칼이 관통한 몸은 이전과 많이 달랐기 때문이다.

가장 심각했던 것은 다섯 자루의 칼에 관통당한 상처를 통해 빠져나간 마기였다.

무슨 풍선도 아니고, 몸에 구멍이 났다고 십만의 원혼을 통해 몸속에 채워 넣었던 마기가 빠져나가다니, 스스로도 이해하지 못할 현상을 겪었던 것이다.

더 큰 문제는 그렇게 빠져나간 마기가 전혀 채워지지 않고 있다는 점이었다.

방금 전 아홉 명의 산적에게서 빨아들인 정기와 원혼이 단 한 올도 그녀의 마기로 채워지지 않았기 때문이다.

이건 생각보다 심각한 일이었다.

지금 같은 상태에서 방금 전 헤어진 교주나 부교주, 그리고 다섯 자루의 칼을 썼던 작자를 만나면 꼼짝없이 죽은 목숨이었으니까.

이겼지만 이기지 못한 싸움 〈299〉

지금의 상태라면 셋 모두도 필요 없었다.

교주와 부교주 둘, 또는 칼을 다섯 자루나 다루던 놈 하나만 있어도 필패였다.

그러니 그들과 다시는 엮이지 말아야…….

"내가, 이 칼리가 한낱 인간들 따위가 두려워 피한다고? 어림도 없어!"

이를 악물고 사나운 눈을 치뜬 유랑이 자신이 도망치듯 떠나온 종남을 돌아봤다.

"그건 내 자존심이 용납하지 않아!"

무언가를 결심한 유랑의 신형이 다시 사라졌다.

종남은 종남대로 어수선했다.

갑자기 모습을 드러낸 여인 하나에 숱한 종남의 제자들과 백도의 무인들이 덧없이 죽임을 당했기 때문이다.

그리고 그것은 맹성이나 도요라 자신을 칭한 지귀요랑도 마찬가지였다.

그들은 유랑이 뿜어내는 마기에 주눅이 들어 나서지도 못했으니까.

그만큼 유랑의 마기가 절대적이었다는 뜻이다.

그렇게 유랑이 광풍처럼 훑고 사라진 이후의 처리도 간단치 않았다.

죽어 나간 이들의 상당수가 종남이 아닌 외부 인사들이었기 때문이다.

개중에는 종남의 손님으로 방문한 일문의 대표들이 모조리 죽어 나간 경우도 있었다.

다른 곳도 아니고 종남의 경내에서 벌어진 혈사이니 그 모든 죽음의 책임은 종남파에 있었다.

이걸 외면하면 종남파는 백도에서 지금보다 더한 왕따를 당할 것이 자명했다.

그것을 누구보다 잘 아는 속가제자들은 난감한 상황에 처했다.

본산을 차지하고 앉아 있는 이들의 정체를 의심하는 상황에서 외부 인사들의 죽음을 책임지자고 주장할 수도 없었고, 그렇다고 방관할 수도 없었으니까.

당장 그렇게 방관하면 외부에서 활동하는 종남 속가제자들의 표국이나 상단들이 큰 타격을 받을 것이 너무나 자명했기 때문이다.

그 탓에 이러지도 저러지도 못하는 상황에서 속가제자들의 대표격인 갈상문이 야율한을 찾았다.

"이제 결정을 내려주시지요."

자신을 간절한 눈빛으로 바라보는 갈상문에게 야율한이 물었다.

"어떤 종남이길 바라는 겁니까?"

"최소한 근본을 무시하는 종남은 아니길 바랍니다."

"근본이라……."

"외인에게 종남의 안방을 내어 주고서도 모르는 척, 종남으로 살아갈 수는 없는 법이니까요. 같은 일이 명교에서 벌어졌다면 부교주님은 그리 하실 수 있겠습니까?"

갈상문의 도전적인 질문에 야율한은 답할 수 없었다.

당장 자신조차 진짜가 아니었으니까.

만에 하나 그 사실을 교주가 알면, 명교의 다른 이들이 알면 어찌 반응할까?

자신들의 목숨까지 걸고 따르던 파극이나 철마는 어찌 나올까?

야율한이 종남의 사태에 섣불리 결정을 내리지 못하고 흔들리는 이유가 바로 그것에 있었다.

남의 일이었지만 또한 자신의 일과도 맞닿아 있었기 때문이다.

그렇게 가장 아픈 곳을 찔러드는 갈상문의 물음이었던 탓에 답을 하지 못하는 야율한에게 갈상문이 말했다.

"적어도 오늘은 답을 내어 주십시오. 도와주지 못하시겠다면 우리 속가들 만으로라도 바로잡는 노력을 시작해 볼 테니까요."

"비무에서 밝혀 보는 것이 아니었습니까?"

"객사에서 벌어졌던 직전의 싸움에서 보셨지 않습니까? 저들은 완벽하다 싶을 정도로 종남의 무공을 사용했습니다. 죽음이 오고 가는 상황에서도 누구 하나 종남의 무공이 아닌 걸 사용하지 않더군요."

그 말인즉 비무에서 종남의 무공이 아닌 것을 드러내게 만들어 보겠다던 속가제자들의 계획은 소용이 없다는 소리였다.

그것을 반박할 수 없었던 야율한은 아무 말도 하지 않았다.

그런 그에게 갈상문이 말을 이었다.

"오늘 밤 자시까지입니다. 그때도 지금 같으시다면 저희끼리 움직이겠습니다."

마치 통보라도 하듯 그 말을 남겨 놓은 갈상문이 떠나자 처음부터 방 안에 있었던 사람처럼 교주가 모습을 드러냈다.

"별 거지같은 새끼일세. 지들이 뭐 맡겨놨나! 하기 싫으면 그냥 둬. 네 손을 탔다지만 그게 네가 책임져야 한다는 뜻은 아냐. 강호를 그렇게 산다면 책임에 치어 죽어! 알잖아?"

교주의 말에 희미하게 미소를 그려 보인 야율한의 시선이 교주를 지그시 바라보다 가슴을 칭칭 감아 놓은 붕대에 멈춰 섰다.

"상처는 괜찮으세요?"

"아! 이거. 괜찮아. 종남 새끼들이 호들갑을 떨어서 이렇게 덕지덕지 감아 놓은 거지. 대충 며칠 정양하면 말끔

해질 거야."

"같은 마기를 쓴다지만 그녀는 원혼에 가까운 마기를 씁니다. 조심하셔야 해요."

야율한의 걱정에 교주가 어깨를 으쓱여 보였다.

"내가 중점으로 익힌 게 뭐냐? 건곤대나이야! 세상의 모든 기운을 하나로 모으는 덴 그것만 한 게 없지. 원기든, 불기든, 그도 아니면 도기든 상관없어. 모조리 내 마기로 만들 자신이 있으니까."

붕대로 감아 놓은 가슴을 탕탕 쳐 보이기까지 하는 교주의 모습에 야율한이 쓰게 웃었다.

교주가 스스로 가슴을 칠 때마다 움찔거리는 교주의 눈썹을 놓치지 않았기 때문이다.

호기를 부리고 있었지만 상당히 깊은 상처를 입었다는 것의 반증이었다.

그걸 알지만 야율한은 못 본 척 고개를 끄덕였다.

"역시 사형이세요."

"암! 넌 이 사형만 믿으면 돼!"

여전히 큰소리를 치는 교주에게 야율한은 빙긋이 웃으며 고개를 끄덕여 보였다.

"예. 당연하죠."

자신의 답에 헤벌쭉 웃는 교주를 야율한이 물끄러미 바라보았다.

종남산의 중턱, 어수선한 종남의 분주함을 조용히 바라보고 앉아 있는 이 형의 표정이 어두웠다.

종남을 차지하고 들어앉은 요도나 맹성은 그들대로, 그들의 진실 된 정체를 의심하는 종남파의 속가들은 속가들대로 분주했다.

뿐인가, 그들에게 선을 대기 위해 찾아온 백도 무인들은 또, 그들대로 분주했으니까.

오로지 명교에서 온 이들만이 이 복잡한 곳에서 조용히 자신들끼리 뭉쳐 들고 있었다.

자신들로는 상대가 불가능한 적을 목도해 놓고서도 아무런 두려움 없이 방문 앞을 지키고 선 파극과 철마의 모습도, 간단치 않은 부상을 입고서도 대충 붕대만 감고 사제를 찾아간 교주도, 모두 야율한을 중심으로 뭉치고 있었다.

하긴 자신조차 야율한에게 의탁하고 있는 셈이었으니까.

지난 세월 말끝마다 협의를 부르짖던 백도나, 의리 빼면 시체라고 외치던 사파가 사분오열된 상태에서 강자만이 존중받는 곳이라던 마도가 뭉치고 있었던 것이다.

그것도 끈끈한 유대관계로.

"확실히 재미있는 동네야."

이 형의 중얼거림이 끝나기 무섭게 그의 곁에 사람의

형상이 솟아났다.

"그래서 계속 그곳에 있을 생각인가?"

마치 처음부터 그 자리에 있었던 사람처럼 모습을 드러낸 이는 종남산 정상에서 야율한과 잠시 마주했던 바로 그, 암중인이었다.

그의 등장에 이 형은 전혀 놀라지 않았다.

"정상 쪽에서 네 기운을 느끼긴 했었지만 이렇게 찾아올 줄은 몰랐군."

"애초에 이 형을 보자고 온 거였으니까. 그나저나 아까 알았다면서 왜 안 달려왔나? 내가 마음먹었다면 부교주는 살아남기 어려웠을 텐데."

"부교주를 잡아 죽이자고 온 건 아닌 듯싶었거든. 그러기엔 친구의 기세가 너무 차분했으니까."

"그럼 지금도 내가 그냥 대화나 하자고 찾아 왔다는 걸 알겠군."

"알지. 하지만 친구. 이전에 네가 내게 한 짓을 생각하면 네 의도가 무엇이든 난 널 쳐 죽일 수도 있어."

슬쩍 살기까지 내보이는 이 형의 위협에도 암중인은 희미하게 웃어 보였다.

"알지. 하지만 그러지 않을 것도 알고."

"어떻게 그렇게 장담해?"

"적어도 이 형이 아직까지 날 친구라 부르고 있으니까."

암중인의 답에 이 형이 투덜거렸다.

"빌어먹을 인사!"

거친 이 형의 욕설에도 암중인이 쓰게 웃었다.

"생겨 먹길 이런 걸 어쩌겠냐. 그냥 생긴 대로 사는 거지."

"그래서 왜 찾아온 건데?"

그 물음에 깊게 가라앉은 암중인의 시선이 이 형을 직시했다.

"이 형······."

자신의 부름에 눈을 맞추는 이 형에게 암중인이 말을 이었다.

* * *

"고향으로 돌아가는 건 어떠한가?"

암중인의 물음에 이 형의 입가가 비틀렸다.

"고향이라, 내가 돌아가지 못하는 이유는 충분히 알 거라 생각했는데?"

"아무리 관부일지라도 들고나는 모든 이를 감시할 수는 없네. 이 형이 지금과는 다른 신분으로 살아간다면······."

"내가 왜? 난 잘못한 것이 없어."

"그렇다고 여기서 이렇게 있으면 결국 이 형은 나와의

충돌을 면하기 어렵네."
"그 또한 내 잘못은 아니지."
이 형의 답에 암중인의 표정이 굳었다.
"결심을 굳힌 건가?"
"그런 물음은 내게 칼을 들이대기 전에 자신에게 했어야 하는 거 아니고?"
"그건……."
선뜻 답을 하지 못하는 암중인에게 이 형이 물었다.
"난 친구를 좋아했어. 괜찮은 사람이거든. 근데 딱 하나 안 좋은 점이 있지. 뭔지 아나?"
"말하면 듣겠네."
"잘못의 원인을 자신이 아니라 타인에게서 찾아. 적어도 '난 잘못한 게 없어' 라는 지극히 이기적인 생각 위에서 원인을 찾거든."
"내가 그리 판단했다면 사실일 가능성이……."
암중인의 말은 조용히 가로저어지는 이 형의 고갯짓에 막혔다.
그렇게 이야기를 멈춘 암중인에게 이 형이 말했다.
"나와 친구의 사이가 깨진 것도 내 잘못이란 소린가?"
"……."
아무 소리도 하지 못하는 암중인에게 이 형이 말을 이었다.

"돌아가거든 친구 주변에서 벌어지는 문제들의 원인을 자네에게서 찾아봐. 그게 친구라는 이름으로 내가 해 줄 수 있는 마지막 조언인 것 같으니까."

그 말끝에 일어서는 이 형에게 암중인이 물었다.

"진정 마지막인가?"

"그럼 등 뒤에 칼 꽂으려던 인간하고 얼마나 더 상종을 하라고. 이쯤 했으면 됐어. 그러니 서로 갈 길 가자고."

그 말을 남겨두고 미련 없이 등을 보이는 이 형을 암중인의 음성이 잡았다.

"다시 생각해 볼 수는 없겠나?"

"지난 시간을 되돌릴 수 없다는 걸 알면서 과거의 일에 집착하는 건 부질없지만 그리 물으니 나도 하나 묻지."

여전히 등을 돌린 채 이 형의 음성이 이어졌다.

"내 등에 칼을 꽂기로 결정했을 때 친구는 몇 번이나 고민했나?"

"……."

아무런 답도 하지 못하는 암중인의 귀로 이 형의 음성이 다시 들려왔다.

"우리 다신 보지 말자."

말이 완전히 끝나기도 전에 이 형의 모습이 암중인의 시야에서 사라졌다.

그렇게 허공을 울리는 이 형의 마지막 말에 암중인의

눈매가 어두워졌다.

"결국 이리 되……."

무겁게 가라앉은 암중인의 음성은 완성되지 못했다.

생각지 못한 이가 모습을 드러냈기 때문이다.

"어라! 그 자식 기운을 쫓아왔는데 엉뚱한 놈이 있네."

눈을 또랑또랑 굴리는 유랑의 음성에 암중인의 표정이 굳었다.

유랑과 이 형의 싸움을 멀리서 지켜보았던 암중인은 상대의 위험성을 충분히 알고 있었기 때문이다.

완벽히 각성한 이 형과 백중세를 거둔 여인.

아무리 자신에게 점수를 후하게 줘 봐도 암중인의 승리는 요원해 보였다.

그러니 정면으로 싸워서 이길 수 없는 상대의 공격을 기다릴 만큼 암중인은 바보가 아니었다.

"웃."

묵직한 기합성과 함께 암중인의 신형이 벼락처럼 달려들었다.

목적했던 이를 놓친 아쉬움에 애꿎은 땅바닥을 차고 있던 유랑의 신형이 급격하게 선회했다.

기습에 가까운 공격이었지만 그 간단한 선회에 암중인의 공격이 모두 무위로 돌아갔다.

예상했던 대로 한 수 위의 움직임을 보이는 유랑을 향

해 암중인은 최대치의 공격을 뿜어냈다.

'망설이면 당한다!'

자신의 우려를 불식시키려는 듯 모든 것을 퍼부은 암중인의 공격은 굉장했다.

그의 검이 지나는 모든 경로의 공간이 어그러질 정도의 막대한 경력이 담겨 있었으니까.

유랑도 쉽게 받아 낼 수 없다는 것을 재빨리 파악하고는 최대치의 방어를 펼쳤다.

하지만……

'아!'

마기가 뜻대로 따라오지 않았다.

입술을 깨물어 피를 내어 정신을 차리고, 없는 마기를 쥐어 짜냈지만 역시 역부족이었다.

'빌어먹을!'

이를 악문 유랑의 어깨가 비틀리고, 암중인의 공격이 그녀의 어깨를 강타하고 지나갔다.

대신 심장을 공격의 경로 상에서 비켜 내는 것엔 성공했다.

그렇게 어깨에 피가 철철 쏟아지는 상처를 입었음에도 유랑은 지혈할 시간조차 벌 수 없었다.

자신의 공격이 실패한 것을 인지하자마자 암중인의 강력한 추가 공격이 이어졌기 때문이다.

강호인들 사이에서 수치의 대명사로 알려진 나려타곤(懶驢打滾)이 펼쳐졌다.
 유랑이 사정없이 바닥을 굴러 공격을 피한 것이다.
 옷은 물론이고, 상처도 흙투성이가 되었다.
 깨끗이 유지되어도 잘 나을까, 말까 한 상처가 흙투성이가 되었다면 제대로 낫기는 글렀다는 뜻이다.
 그것에 눈매를 찌푸리던 유랑의 표정에 다급함이 들어서고, 그녀의 신형이 다시금 땅바닥을 굴러야 했다.
 퍼버버벅.
 요란한 파열음과 함께 그녀가 방금 전까지 서 있던 대지가 마구 터져나갔다.
 암중인의 강력한 내기가 침투경의 원리로 땅바닥을 통해 폭출한 것이다.
 생전 듣도 보도 못한 경이로운 무공이었지만 그것에 찬탄하고 있을 여유가 유랑에게는 없었다.
 곧바로 땅바닥에서 뽑혀 나온 암중인의 검이 그녀의 코앞으로 날아들고 있었기 때문이다.
 두 번의 나려타곤으로 신체의 균형은 완벽히 무너졌고, 마기는 이전보다 더, 그녀의 뜻대로 움직여지지 않았다.
 한마디로 코앞까지 도달한 암중인의 칼을 피할 수 없었다는 뜻이다.

그게 왠지 억울했다.

그래서였을까, 평생 흘려 본 적도 없는 눈물이 그녀의 눈가에 핑, 돌았다.

'빌어먹을 눈물이라니, 이게 전부 이 약해빠진 몸뚱이 탓이야!'

자신의 뜻대로 따라주지 않는 몸뚱이를 탓하며 유랑이 이를 악무는 순간.

챙!

눈앞에서 불똥이 튀며 금속성이 울렸다.

놀라 바라본 유랑의 눈에 무서운 속도로 날아들던 암중인의 검을 가로막은 칼이 보였다.

"너!"

생각지 못한 이의 등장 때문인지 놀란 음성을 토하는 암중인에게 이 형이 말했다.

"내 꺼야. 내 것에 침 바르는 건 아무리 친구라도 용납 못 해."

"하지만 저 여자는……."

"알아. 지금은 왜인지 정상이 아니라는 거. 그러니까 더 손대지 못해."

"뭐?"

"정상일 때, 제대로 꺾을 거란 소리다."

이 형의 답에 암중인의 눈매가 일그러졌다.

"이런 미친!"

강적을 잡을 수 있는 기회를 놓치는 것만큼 어이없는 실수가 없다.

당장 자신만 봐도 답이 나오지 않느냔 말이다.

이 형을 잡을 수 있을 때 처리했다면 지금처럼 전전긍긍하는 상황은 오지도 않았을 테니까.

그 생각이 고스란히 눈빛으로 읽혔던지 이 형의 눈매가 차갑게 가라앉았다.

"역시 친구는 위험한 개새끼야. 이 순간에도 내 등에 칼을 꽂지 못한 걸 후회하고 있다니."

대번에 자신의 속내를 꿰뚫린 탓인지 암중인의 표정이 흠칫 굳었다.

그런 그에게 이 형이 말했다.

"손 떼고 가. 그리고 다음에 다시 만나면 넌 죽어!"

차가운 이 형의 음성만큼이나 그의 눈빛이 사나워졌다.

이 상황에서 더 버티면 진짜로 이 형의 검이 날아올 가능성이 높았다.

그건 위험했다.

천천히 검을 거둔 암중인이 무언가 말을 하려는 듯 입을 몇 번 달싹이다가 포기하고는 이내 신형을 뽑아 올려 멀리 사라졌다.

그렇게 암중인이 떠나자 이 형이 천천히 유랑을 향해 돌아섰다.

"꼴이 싸워 보자고 올 상황은 아닌 듯한데 왜 다시 왔어?"

"그건……."

솔직히 싸우고자 왔다.

자신이 누군가에게 겁을 먹었다는 건 견디기 힘든 모욕감을 선사해 주었으니까.

하지만…….

석양을 등 뒤로 두고 선 이 형의 눈빛이 왜인지 참 멋있어 보였다.

그렇게 보니 얼굴도 꽤 준수했고.

'새끼, 잘생겼네.'

자신도 모르게 떠오른 생각에 화들짝 놀라 눈을 크게 뜨는 유랑의 모습에 이 형이 황급히 뒤를 돌아봤다.

자신의 기감을 속이고 암중인이 습격이라도 하는가 싶어서였던 것이다.

하지만 자신이 뒤엔 아무것도 없는 허공만이 덩그러니 놓여 있는 것을 확인한 이 형의 시선이 다시금 유랑에게 돌아갔다.

그땐 이미 유랑의 눈도 원상태로 돌아간 후였다.

그렇게 제정신을 차린 유랑이 흙먼지를 툭툭 털며 자리

에서 일어섰다.

그런 그녀를 바라보며 이 형이 투덜거렸다.

"시선 돌리는 기술도 여러 가지다. 그나저나 진짜 왜 온 거야?"

"그건……."

잠시 말을 멈추고 이 형을 지그시 바라보던 유랑의 음성이 이어졌다.

"……배고파서. 밥 좀 얻어먹자."

"뭐?"

"밥 달라고. 생각해 보니까 내가 돈을 안 가지고 왔더라고."

유랑의 답에 이 형은 어이없는 표정이 되었다.

객사에서 교주의 운기요상을 돕던 야율한의 기운이 급속도로 돌아왔다.

그리고 교주의 명문혈에서 손을 뗀 야율한의 눈이 천천히 떠졌다.

비슷한 시간에 교주의 눈도 떠졌다.

그렇게 눈을 뜬 두 사람의 시선이 맞부딪치고, 말없이 일어선 두 사람은 무기를 잡고 방을 나섰다.

이미 그들에게 익숙해진 위험한 기운이 객사로 다가오고 있는 것을 느꼈기 때문이다.

위안이라면 자신들의 가장 강력한 우군인 이 형의 기운

도 함께 오고 있다는 것이었다.

 그런 까닭에 사람들을 대피시키는 등의 호들갑을 떨지 않은 채 묵묵히 기다리길 잠시, 드디어 그녀, 유랑이 모습을 드러냈다.

 한데…….

 "같이…… 오는 겁니까?"

 놀란 야율한의 물음에 이 형이 뒷머리를 긁적이며 답했다.

 "그게…… 밥 달라고 해서."

 이 형의 답에 이게 무슨 뚱딴지같은 소린가 싶었던 야율한과 달리 교주는 알만하다는 표정을 지어 보였다.

 "저거, 정상 아니지?"

 유랑을 눈짓하는 교주의 물음에 이형이 놀란 표정을 지었다.

 "어! 어떻게 알았어?"

 이 형의 반문에 교주가 피식 웃었다.

 "패자가 승자에게 눌러 붙는 방법 중 하나야. 치료되는 동안 승자의 곁에 들러붙는다. 가장 안전한 방법이니까."

 "적의 곁에 붙는 게 가장 안전하다고?"

 의외라는 듯 묻는 이 형에게 교주가 답했다.

 "제법 실력에 자신이 있다 싶은 고수가 되면 적이라고 무조건 쳐 죽이려고 들진 않으니까."

 그게 무슨 헛소리냐는 물음은 던지지 못했다.

이겼지만 이기지 못한 싸움 〈317〉

당장 이 형, 자신도 들러붙는 유랑을 내치지 못했으니까.

그런 교주의 말을 주변에서 당황한 시선으로 바라보고 있던 백도의 무인들은 이해하지 못한 모양이었다.

무기를 움켜쥐고 지금이라도 뽑아야 하는지 갈등하는 빛이 역력했으니까.

하지만 야율한을 비롯한 명교의 무인들은 아니었다.

그들은 교주의 말을 듣는 순간, 충분히 그럴 수 있다는 걸 이해했기 때문이다.

당장 철마의 곁에서 연신 고개를 끄덕이는 파극부터가 적이었다가 한 식구가 된 사이였으니까.

명교의 무인들은 그렇게 한 식구가 된 경우가 많았다.

강자를 존중하는 분위기가 깨끗한 승복을 요구하기도 하지만, 재도전을 다짐하는 패자에게 아량을 베풀 줄도 알기 때문이다.

그 또한 강자지존, 그러니까 강자가 우월하다는 뿌리 깊은 인식에서 비롯된 것이었다.

그렇게 납득하지 못하는 표정이 역력한 백도인들이 바라보는 가운데, 유랑은 명교 사람들이 머물던 객방에 눌러앉았다.

(마교 부교주가 사는 법 12권에서 계속)

환상이 숨쉬는 공간 파피루스 blog.naver.com/gnpdl7

신들의 전장, 신세계
게임 속 엑스트라가 된 에단에게 기회가 찾아왔다

[당신에게 걸맞은 신을 구독하세요!]

"모두가 나를 원한다고?"

-필멸자여, 제발 나를 구독해 주게나!

수많은 신들의 아이돌이 된 에단,
그의 한 걸음마다 세계가 들썩이고 신들이 주목한다!

신들의 구독자

최달해 판타지 장편소설

환상이 숨쉬는 공간 파피루스 blog.naver.com/gnpdl7

『전직 사기꾼의 신앙생활』『남작가의 정령 천재』
사는게죄 작가의 판타지 신작

『무적 쓰고 레벨업』

게임이 현실이 된 세계
고인물 게이머 황태선은…… 무적이다!

[무적(SSS)을 발동합니다.]
[지속 시간 : 1초]

어떤 물리 공격도, 갖가지 마법도
그의 앞에서는 무용지물

신조차도 감당하지 못하는
무적의 강자, 황태선의 일대기가 시작된다!

사는게죄 판타지 장편소설

무적쓰고 레벨업